崔蕴

新箭立潮头

扎根育栋梁

“大国工匠人物传”丛书

崔蕴

火箭装配线上的『定海神针』

刘君◎著

中国工人出版社

图书在版编目（CIP）数据

崔蕴：火箭装配线上的“定海神针” / 刘君著. 北京：中国工人出版社，2025. 9. -- ISBN 978-7-5008-8773-7

Ⅰ. I25

中国国家版本馆CIP数据核字第2025L95N14号

崔蕴：火箭装配线上的“定海神针”

出 版 人	董　宽
责任编辑	葛忠雨
责任校对	张　彦
责任印制	黄　丽
出版发行	中国工人出版社
地　　址	北京市东城区鼓楼外大街45号　邮编：100120
网　　址	http://www.wp-china.com
电　　话	（010）62005043（总编室）
	（010）62005039（印制管理中心）
	（010）62379038（社科文艺分社）
发行热线	（010）82029051　62383056
经　　销	各地书店
印　　刷	宝蕾元仁浩（天津）印刷有限公司
开　　本	880毫米×1230毫米　1/32
印　　张	6
字　　数	100千字
版　　次	2025年9月第1版　2025年9月第1次印刷
定　　价	49.00元

国之大者，工匠先行

——“大国工匠人物传”丛书总序

在中华全国总工会成立100周年之际，全国总工会宣传教育部、中国报告文学学会、中国工人出版社联合开展了“文艺工作者走基层”活动，推出“大国工匠人物传”丛书，向全国总工会献礼，向广大劳动者致敬！

“知者创物，巧者述之守之，世谓之工。百工之事，皆圣人之作也。”这是中国所见年代最早的关于手工业技术文献《考工记》中对工匠的记载。“工”之责在于造物，“匠”者为能工鼎识者也。

幼时，老家云南昆明大板桥的老街上，从南头到北头，都是大大小小的手艺人，木匠、石匠、焗匠、骟匠、竹篾匠、鞋匠、箍桶匠……空气中飘荡着木匠的刨花香和石匠敲打出来的粉尘，充满着焗匠手中皮带的“吱扭扭”声、骟匠刀下小猪猡的闷哼、箍桶匠皮锤不轻不重的敲击声。老街上的竹篾匠是我的一个表姨夫，他来自四川，有着一手出神入化的编造竹篾手艺。粗壮的毛竹是表姨夫手中的“百万雄兵”，在一把锋利无比的刀的指挥下，被劈成厚薄、粗细不一的篾。表姨夫的本领仅次于撒豆成兵的天神，他能化篾成物，一般家里能见到、用到的器物，他都能用竹篾编出来。母亲曾命我在老街上买一个暖水瓶的内胆，然后去表姨夫的摊位上，坐等他为暖水瓶胆编制一件竹制的外壳。那个暖水瓶至今还在我家老屋的一个角落里。竹篾壳早已被岁月包了浆，虽然久不使用，却依然油润、红亮。这便是我幼时对匠人的记忆。

五千多年的中华历史长河中，涌现出了无数能工巧匠，他们或如明月光照，或如星河璀璨。一代代薪火相传的工匠精神，不仅成就了那些流芳百世的绝世建筑与器物，更是烛照我们通向文明现代化进程的精神之光，是我们文化的自信心、民族的根与魂。

从“嫦娥”探月到“祝融”探火，从“北斗”组网到“蛟龙”深潜，从港珠澳大桥横跨三地到大兴国际机场凤凰腾飞……这些挺起中华民族脊梁的大国重器、世纪工程背后，无不凝聚着万千工匠的心血和汗水，映照着工匠们孜孜以求、拼搏奋进的身影。

本套丛书收录的是全国总工会历年评选出的大国工匠

的人物传记。他们当中有焊接高铁的“工人院士”李万君、打破国外高端设备维修垄断的王树军、让中国锻件立于世界之巅的刘伯鸣、“人刀合一”的顶级钳工李凯军、在高空“穿针引线”的竺士杰、油田里的创新能手刘丽、了不起的“钢铁裁缝”艾爱国、数控机床上的“雕刻师”孟维、让三星堆文物“活”起来的郭汉中……他们有的是传统加工业的锻造者，为了突破技术瓶颈精益求精；有的是新兴制造业的探路者，为了实现精密制造巧思妙想；有的是军工行业的铸剑者，为了打造国之重器默默坚守；有的是民间手工艺的守护者，为了传承非遗文化精雕细琢……他们奋战在国防军工、装备制造、传统工艺等行业的第一线，以久久为功的钻研和创新，造就了一个个传奇。

这些杰出的工匠，尽管行业不同、岗位不一，成长经历各异，但他们都有着爱党爱国、敬业奉献、创新争先的优秀品质。他们耐得住清贫与寂寞，用灵巧的双手和精湛的技艺，数十年如一日地在平凡的岗位上雕琢自己心中的梦想，以实际行动诠释着“执着专注、精益求精、一丝不苟、追求卓越”的工匠精神。“天下大事，必作于细。”工匠精神既是中华民族技艺世代传承的价值理念，又是中国开启新征程，从制造业大国迈向制造业强国的时代需要。

“大国工匠是我们中华民族大厦的基石、栋梁。”2024年3月5日，习近平总书记参加十四届全国人大二次会议江苏代表团审议时强调“树立工匠精神”，指出“没有金刚钻，揽不了瓷器活”，要“把第一线的大国工匠一批一批培养出来”。党的十八大以来，习近平总书记对建设高素质劳动大军高度重视，强调“当代工人不仅要有力量，还要有智慧、有技术，能发明、会创新，以实际行动奏响时代主旋律”，深刻阐述工匠精神“执着专注、精益求精、一丝不苟、追求卓越”的内涵要义，号召全社会弘扬工匠精神，“为全面建设社会主义现代化国家、实现中华民族伟大复兴的中国梦提供有力人才和技能支撑”。

“匠心聚，百业兴。”无论是传统产业，还是新兴产业、未来产业，大国工匠在发展新质生产力的历史进程中不可或缺。随着经济发展方式转型和产业结构升级，中国要实现由制造大国向制造强国的转变，实现由中国制造向中国创造的跨越，离不开广大劳动者的创新和创造，更离不开对工匠精神的继承和发扬，于是呼唤更多大国工匠成为时代强音。

文艺是时代进步的号角，最能代表一个时代的风貌，最能引领一个时代的风气。中国报告文学学会、中国工人出版社联袂推出“大国工匠人物传”丛书，以图书的形式为大国工匠树碑立传，让他们的故事和精神具有更广泛的交流传播价值和长久的史料价值。本套丛书的写作者奔赴大国工匠生活的城市，深入大国工匠工作的厂区、车间、工作室，获取了全面细致的第一手材料，最终将大国工匠的成长、成才故事呈现在读者面前。

“大国工匠人物传”丛书讲述的是个人奋斗史，也描绘出大国工匠的群体形象。可以说，这套丛书是目前国内系统研究众多大国工匠人生轨迹的权威读本，既有对每位大国工匠的整体介绍和事迹梳理，又有具体的事件、案例，全面、生动地展示了大国工匠各个人生时期的工作和生活状态。

新时代是奋斗者的时代，中国式现代化建设新征程这一宏伟事业为广大工匠技能人才成就梦想提供了广阔舞台。每位劳动者都是主角，都可以成为工匠精神的践行者。大国工匠是新时代的最美奋斗者，更是和平年代当之无愧的英雄。

国之大者，工匠先行，向着中华民族伟大复兴的目标砥砺奋进，行稳致远。

是以为序。

目　录

引章

晚上六点半，我拨通了崔蕴的电话。这是我俩约好的时间。

“你可真是掐点，跟我们火箭发射一样，一秒不差，真准时。”他笑道。

“我这可不算准时，张晔老师说您一般都得比约定的时间提前才算准时。”

张晔老师是崔蕴的爱人。她向我吐槽过“崔大师的准时”，说别人的准时是提前三五分钟，崔大师的准时得提前十几二十分钟：“他们那儿的‘小孩’都怕他，老早地就得站好了，都得按时按点守规矩。”

崔蕴的老家是泉城济南，他身上至今还保留着山东大汉的直爽，说话声音洪亮，“火箭”两字像一个开关，只要摁下去，就啪一下打开了他的话匣子，一刻也停不下来。但隔行如隔山，为了让我这个文科生明白火箭到底是怎么回事儿，崔蕴不断打着比方。在一次一次的通话当中，“中国新一代运载火箭总装第一人”崔蕴的形象，在我面前渐渐清晰起来。

第一章 航天梦

1961 年，崔蕴生于北京。父母皆是军人，从事与电相关的工作。“电究竟是什么？”这个问题，像一串细密的问号，早早盘桓在他幼小的脑海里。6 岁那年，他迷上了转动收音机的旋钮，指针划过刻度，声音从一个频道跳向另一个频道，仿佛每段声响背后都藏着一条秘密通道，通往某个未知的神秘世界。

1968 年，崔蕴踏入小学，刚在新环境里交上朋友、熟稔了上学的节奏，变故却悄然而至。第二年，国家工业布局调整，大批企业向二三线转移，父母所在的部队也随之撤离首都，举家迁往陕西眉县。直到 1975 年，因父母工作调动，他才随家人重返北京。

崔蕴的父亲是技术级别颇高的干部，投身于国家最顶尖的军工电子领域——如今诸多尖端行业的根基，正源于他们那代人的开拓。只是父亲常年在外做实验、出差，父子相见的时光寥寥无几。即便难得归家，他对工作也始终缄口不提，那些与“电”相关的奥秘，仿佛被严严实实地锁在心底。

但父母潜移默化的影响，早已在崔蕴心里播下种子。他对电有着近乎天生的亲近，加上那个年代学业压力不大，自由时间充裕，父母又精通无线电，他便顺理成章地捣鼓起了收音机。

12 岁那年，崔蕴拆了家里的半导体收音机，零件摊在桌上像一地碎星星。父亲没有责骂他，而是蹲下来和他一起辨认电容与电感。

“你看这个带两个脚的小圆柱，”父亲捏起一枚电容，指尖沾着些许焊锡的痕迹，“它像个小水桶，能存住电，等需要的时候再慢慢放出来。就像你夏天存的冰块，到了晚上还能慢慢地解热。”

崔蕴盯着零件眨眼睛："那这个缠满线的圈圈呢？刚才我拆的时候还发烫。"

父亲拿起电感，指尖划过线圈："这叫电感，你可以把它当成一条会'较劲'的水管。水流突然变快的时候，它会往后拽一把；突然停下的时候，又会往前推一下。收音机里的信号跑得太快，就得靠它来稳住步子。"

崔蕴忽然指着电路板上的电阻问："那这个带颜色的小方块，是不是就是您说的'会让电流变慢'的东西？"

父亲笑了，眼里的光比台面上的灯泡还亮，说道："没错。你看它身上的颜色，就像不同粗细的水管——颜色组合不一样，'粗细'就不一样，电流通过的速度也就不一样。咱们调收音机频道，有时候就是在换不同的'水管'，让合适的信号跑进来。"

崔蕴抓起一把零件在手心掂量，忽然抬头："爸，那电流是不是真的像水一样，会从电线里'漏'出来啊？"

"问得好！"父亲拍了拍他的肩膀，"电流可比水听话多了，它只走咱们给它铺好的路——也就是这些电线和零件。只要咱们接得牢，它就不会乱跑。就像你在院子里挖的小水渠，水流只会顺着沟走，不会自己'爬'到院子外面去。"

那天的对话像电流一样，悄悄地钻进了崔蕴心里。后来，他每次摆弄无线电，总会想起父亲蹲在桌边的样子，以及那些把复杂原理讲成日常生活的比喻。

20世纪70年代，《航空知识》杂志是比水果糖还金贵的宝贝。两角钱一本的定价，够买半块烤白薯，可崔蕴宁肯啃凉馒头也要攒钱。每月15日，他都要攥着皱巴巴的零钱，穿过三条胡同去邮局。柜台里的阿姨认得这个小顾客，总把最新一期搁在最上面：“小同志，又来啦？”

第一本《航空知识》被崔蕴翻得卷了边。封面上，长征一号火箭拖着尾焰刺破苍穹，红色箭体在蓝天下格外醒目。他盯着照片里的火箭，手指轻轻地摩挲纸页，仿佛能摸到金属外壳上的纹路。

那时的崔蕴还不知道，这些被油墨印在纸上的巨大火箭，会在未来某一天与他命运相连。他把杂志贴在床头，月光透过窗户洒在“长征”“风暴”“宇宙神”的名称上，像给每个火箭镀了层银边。

“小蕴又看闲书呢？”母亲端着搪瓷缸进来，见他又趴在被窝里看杂志，轻轻抽走他压在枕头下的《航空知识》，“明儿还要上学，眼睛还要不要了？”

崔蕴不敢争辩，把杂志那一页页角悄悄折起。等母亲睡下，他又爬起来继续读那篇《火箭推进原理》。有个段落讲发动机的燃烧室，他看得入神，手指无意识地在墙上画着箭体结构图。第二天清晨，母亲发现墙面上多了许多歪歪扭扭的线条，哭笑不得："你这孩子，墙上都能长出火箭来。"

家中的墙壁真的成了崔蕴的宇宙版图。从苏联"卫星"号的钝头设计，到美国"阿波罗"飞船的圆锥体返回舱，

崔蕴在检查火箭配件结构

再到中国长征系列的流线型箭体，一张张火箭剪贴画在墙上铺展开来。他甚至能背出每枚火箭的起飞重量和运载能力。同学课间讨论电影明星时，他却在作业本上画火箭分离示意图。

高中时，崔蕴的书桌抽屉成了“零件仓库”。有一次他把母亲的一块电子表拆坏了，急得唉声叹气。之后，在父亲的指导下用镊子夹着电阻重新焊接电子表零件。当电子表重新走动时，他举着表对父亲喊：“爸。你看！我修好了！”父亲摸着他的头说：“喜欢拆东西是好事，但记住，拆的时候要想清楚怎么装回去——就像做人，心里得有根线牵着。”

这根“线”，后来成了崔蕴理解火箭的关键。多年后他跟徒弟们讲：“火箭看着是个整体，其实是由成千上万个系统组成的。推进系统是心脏，控制系统是大脑，电源是血脉。你要是不懂电，就只能看见外壳上的漆，看不见藏在金属里的灵魂。”

高中时，物理老师讲电磁感应，他在笔记本上画满线圈和磁场的示意图；讲牛顿第三定律，他用草稿纸计算火箭推力与重力的平衡。

“这孩子，着了魔，”班主任摇头感叹，“不过这样也好，有股子钻劲，将来准能成事。”

课余时间，北京天桥的电器元件旧货摊成了崔蕴的淘宝地。

“老板，废电容再便宜点！”崔蕴背着军绿色挎包，蹲在地上扒拉着论斤称的零件，像在沙堆里淘金。回家路上，书包沉甸甸的，里头装着三极管、电阻，还有他的小野心——要装一台不用在前面放个放大镜也能看清楚的电视机。

“妈，这电阻咋知道多大？”崔蕴举着个灰扑扑的元件问。因为这些“宝贝”大多是工厂的残次品，没有标识。母亲正在缝布袋子，闻言放下针线：“让你爸教你用万用表，量出来咱就写标签。”那些日子，家里的饼干盒、罐头瓶全成了零件盒，母亲缝的布袋子挂满墙，红墨水写的“100 欧姆”在阳光下透着认真。父亲则拿着他装的收音机调试：“放大倍数调到 60，声音才清楚，记住了？”

1979 年夏天，高考成绩下来那天，崔蕴捏着成绩单蹲在胡同口。“妈，就过了中专线。”母亲看着有些沮丧的儿子，安慰道：“你爸说，物理考那么好，再读一年肯定行。”可 1980 年的榜单一出来，他又傻了眼——物理分数能进重点大学，总分却差了一大截。

“这英语咋就考这么点？”父亲拿着试卷叹气，却没责备。几天后，父亲的老战友找上门：“让孩子来首都机械厂技校吧，咱厂造火箭的！”

两年的技校生活，崔蕴把所有时间都泡在车间和图书馆。车工、铣工、钳工，每门课都拿满分；机械制图、材料力学、电工基础，笔记本写满三大本，崔蕴活成了全班标杆。

师父夸他：“小崔这手活儿，比有些干了十年的老工人还利索。”他只是笑，心里藏着个秘密——每次路过总装车间，他都要放慢脚步，透过玻璃窗看里面的火箭部件。那些银灰色的贮箱、锥形的整流罩、布满管路的后裙段，在他眼里比任何艺术品都美。

当学校分配通知送到手上时，他攥着那张纸冲进家：“爸！我进总装车间了！”父亲正在焊电路板，闻言抬起头，焊锡的青烟里，眼里的光比焊点还亮：“好小子，咱爷俩总算能在一条道上使劲了。”

1982 年 9 月 1 日，崔蕴永远记得这个日子。他穿着崭新的工装，跟着师父走进首都航天机械有限公司的总装车间。

“小崔，这是你以后的岗位。”师父指了指车间深处，

“咱们的‘长征二号’火箭就在那儿总装。”

崔蕴的脚步突然变得沉重。他听见自己的心跳声，像车间里的大型风机在轰鸣。转过最后一个工位，眼前的景象让他屏住了呼吸——

那是一枚真正的火箭。箭体泛着金属特有的冷光，底部的助推器像巨人的臂膀，尾部的喷管深邃如巨兽的咽

长征五号新一代运载火箭在海南文昌发射基地

喉。箭体上“中国航天”四个红色大字，在车间顶灯的照射下格外醒目。

“这就是长征二号，”师父的声音在他耳边响起，“你以后的工作，就是参与它的总装。”

崔蕴慢慢走近，离箭体还有 5 米时，他伸出手，指尖几乎要碰到箭体的蒙皮。金属的凉意透过手套传来，带着一种奇异的震颤——那是来自万千零件的共鸣，是即将翱翔天际的生命律动。

崔蕴仰起头，目光沿着箭体移动。圆锥形的头部线条流畅而锋利，仿佛一把即将刺破苍穹的利剑。他想起小时候在《航空知识》上看过的照片，此刻终于从纸面上站了起来，变成了眼前的钢铁巨塔。

崔蕴的眼眶突然有些发热。想起攒钱买杂志的自己，想起在煤球炉旁焊天线的自己，想起高考失利时躲起来不愿见人的自己。所有的等待，所有的坚持，所有的汗水，都在这一刻有了答案。

“我就要参与它的总装了。”崔蕴在心里对自己说，“我一定要亲手把它送上太空。”

第二章 车间的『偷师者』

总装车间是厂里实打实的核心地带，规矩大得很。六级工是外车间调入这里的最低门槛，够不上这个级别，连门都别想进；至于车间里的组长、副组长，更是个个身怀绝技，都是响当当的八级工。

那会儿的班组，跟现在讲究“一专多能”的风格大不一样。因为是保密行业，岗位分工特别细。你在什么岗位，基本就钉在那里了，清清楚楚，绝不能“瞎跑乱窜”，跨岗更是犯忌讳的事。

老师傅们带徒弟，那叫一个严，眼里容不得半点沙子。就说工作服，那是绝对不能有袖兜的，怕的就是兜里掉出点啥细小物件影响了火箭；穿的鞋也得是没鞋带的，鞋带万一松了掉了，缠到啥零件上都是大麻烦；厂房里头那些试验用不上的东西，不管啥全都得清出去，不能留一丝一毫多余的。

年轻的装配工们，被要求得把工艺纪律和质量管理制度刻在骨子里，干活必须保质保量，废品那是能少出一个就少出一个。谁要是出了废品，不光自己脸上无光，师父也觉得丢人。

火箭总装，得拿出十二分的严谨，半点马虎不得。

所有的事都得有根有据，照着规章制度、工艺文件来干，干完了还不算完，还得留下记录，视频、照片一样都不能少，所有东西都得能查得着、看得清，做的每一步都得有追溯性，出了问题能一查到底。

哪怕是遇上抢险，任何人都不能有私自的操作动作，每一个动作都得按要求来。操作完了，还有专门的“三检制”，层层把关，确保万无一失。

这严谨到极致的作风，是老院长钱学森给中国航天定下的规矩，就这么一代代严格地传了下来。

每天，备料、装配，精确地安装和调试，认真维护保养日常用的设备、仪器、仪表和工装工具，确保每一步都严丝合缝地符合设计要求。日子一天天过，崔蕴心里却渐渐不满足了。火箭在他眼里，不再只是冷冰冰的零件组合，自己像被磁石吸引的铁屑，满脑子都是好奇：这火箭，到底是咋回事？

崔蕴琢磨着，设计肯定有自己的一套理论和理念，为

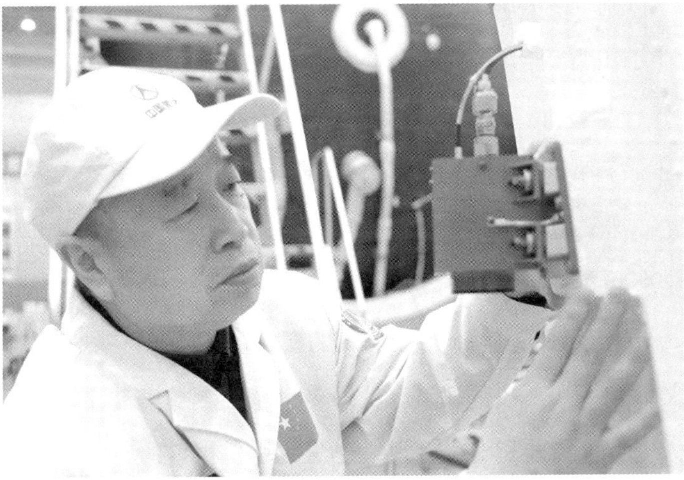

崔蕴正在进行火箭装配工作

啥要这么设计？这么设计背后的考量是啥？设计人员当时是咋想的？就好比，一个系统设计，总体给它提了要求，那总体为啥要提这样的要求？总体没跟自己这边提设计要求，那他们给别的系统提要求时，又是怎么沟通的，为啥偏偏是这些要求？

他想知道别人都测了些啥？过去做实验都掌握了哪些数据。比如过载振动条件、能耐受的温度范围，还有做仿真，都做到了什么程度？这些东西，他都想投入精力去学。可这些在总装图上根本体现不出来，总装规范里也找不到，总装这边只收到一个干巴巴的要求。

“师父，为啥这个结构件要用钛合金？”午休时，他见师父用砂纸打磨接口，忍不住问。

“少打听，按图纸干就行。”师父头也不抬。

“可我想知道它在太空中会不会变形……”

师父把砂纸往桌上一拍，说道：“干好你的活儿，别学那些好高骛远的。”

崔蕴没再说话，心里却有自己的小九九：要是只听师父的，一切都按部就班，他最多也就是个技术过硬的好工人。可火箭装配对他来说，不只是一份糊口的工作，他把这当成了自己的事业，干事业就得干到极致。而他明白，只有系统地考虑问题，才能真正提高质量，把活儿干到顶尖。

就拿一个活门安装来说，工艺要求螺钉力矩是特定的数值，可为啥就得是这么大的力矩？做实验的时候，螺钉能承受的最大力矩是多少，到哪个数值会断裂？这里面留了多少余量，安全系数又是多少？这些他都想搞清楚。再如，火箭很多地方要做防热处理，得缠玻璃带、高温绝热带，还得做防水，可火箭飞行的时候，那些部位会遇到多高的温度？设计这些要求时，肯定留了一定的余量，那这余量到底是多少？他觉得，只有弄明白这些，自己干活的时候才能心里有底，手上的活儿才能更精准。

于是，自己的活儿一干完，只要有一点空闲，他就像一只对花蜜充满渴望的蜜蜂，在车间里四处转悠，谁谈论工作，他都忍不住凑上前去竖起耳朵听，眼睛还盯着人家手上的动作，生怕漏了一点细节。

崔蕴有个自己的观点：技能是手上的功夫，得在工作里不断磨炼、不断总结、不断提高；但技术是脑子里的学问，得主动去别人那儿问、去学，他管这叫“偷知识”。

这“偷知识”，可是主动学习，跟被动学习完全不是一回事。被动学习，就好比被安排去参加个培训班，你可能认真听，也可能敷衍了事，反正大概听懂个意思就行。可“偷知识”不一样，崔蕴觉得，这是主动把别人的知识变成自己的知识，得想办法往自己脑子里装，所以会真正上心去听、去学，还会不断去别人那里刨根问底，不把问题弄懂弄透绝不罢休，不给自己留一点遗憾。

有次听见“结构冗余度”这个词，他追着一个年轻工程师问：“师傅，冗余度是不是多装几个零件备用？”

工程师被他问得不耐烦：“跟你说了你也不懂，赶紧干活去。”

崔蕴没气馁，第二天特意带了本《机械设计基础》去车间，午休时坐在工程师常去的茶水间翻看。果然有人问他：“你看得懂这个？”

“瞎看，好多地方不明白。”他指着“安全系数”那页，“比如这个，是不是说火箭零件得比实际需要结实好几倍？”

对方来了兴致，拿起笔给他画受力分析图：“不光要结实，还得轻，这就是冗余度的学问……”

崔蕴渴望学习的劲儿，像烧得旺盛的火，可并非所有人都愿意当这“添柴人”。有时候，他的请教被当成是干扰工作，人家不耐烦地挥手让他走开；有时候，他的好

崔蕴参加公司活动

学又被看作好高骛远，觉得他一个装配工，操那么多心没必要。

崔蕴有个“小秘密”，他最喜欢在设计人员的办公室旁边“偷听”。他打心底里相信，真正的技术，不在冰冷的图纸上，而藏在设计人员的大脑里。比如，火箭设计讲究强度，一切都为了减轻重量，从而提高运载能力。他就想知道，设计人员是怎么做到在不更改火箭结构的基础上，让火箭更轻，运载能力还更强。可往往他还没听几句，就被设计人员用各种委婉的方式“请”了出去。

车间里，关于崔蕴的风言风语也渐渐多了起来。有人说他不务正业，放着好好的装配活不干，整天瞎晃悠；有人说他闲得没事干，净操些不该操的心。崔蕴没少被车间领导叫去谈话，批评他不安分。可他心里装的全是火箭。车间的规矩像钢铁的骨架，而知识像流动的血液，只有两者都在，这钢铁巨人才能真正活过来。他要做的，就是成为那个既懂骨架又懂血液的人。

1985 年，长征二号丙火箭进入总装阶段，技术要求极高。车间成立了“青年突击队”，崔蕴被任命为组长。他带着队员们做装配前的最后检查，翻开自己的笔记本，里面夹着三年来记录的 200 多个问题，每个问题都标着“已解决”或“待验证”。

发射前夜，长征二号丙火箭静立在总装台上，笔直挺拔，像一名整装待发的战士，浑身蓄满了冲破云霄的力量。

“点火！”

指令声落，火箭尾焰骤然腾起，带着撕裂空气的轰鸣刺破苍穹。那一刻，崔蕴的心跳骤然加速，眼眶不受控制地湿润了。模糊的视线里，他清晰地望见自己亲手参与装配的“伙伴”正扶摇直上，拖着金色的光轨钻进深邃的天际。

地面上，晚风掠过，塔架铁架间传来低沉的嗡鸣，像是在轻声诉说——有些相遇，一旦触碰便注定牵绊终身；有些热爱，倾注一生也觉意犹未尽；而有些知识，那些在实践中“偷”来的、摸爬滚打悟到的，才最是刻骨，最是难忘。

第二章 红线系长天

张晔第一次见到崔蕴，是在 1983 年的火箭总装车间。

那天，她刚调来质量检验组，远远就看见一个高个儿青年半截身子探在火箭燃料舱段里，手里攥着扳手，正跟一段顽固的燃料管较劲。他的工作服袖口磨得发白，后背上洇着一片汗渍，左手虎口处有道新鲜的划痕——后来她才知道，那是被低温燃料管冻伤后，又被金属毛边刮破的。

“这人干活怎么这么拼？”她心里嘀咕。

直到正式介绍时，她才得知，这个叫崔蕴的青年，就是厂里出了名的“火箭痴”。别人下班后三五成群地去食堂吃饭，他却总在车间多留一会儿，围着火箭转圈，摸摸这儿，敲敲那儿，活像个生怕孩子磕着碰着的老父亲。

“平时我俩聊天，不超过三句话，他准会把话题引到火箭上去。”多年后，张晔回忆时仍忍不住摇头笑，“你想打断他？难。他一旦说起火箭，眼睛就亮得像点了火似的，滔滔不绝，旁人根本插不进话。”

他们是一前一后进厂的，他在总装组，她在质检组。火箭像一根看不见的红线，把两人的命运悄然地系在了一起。

那时候，厂里的青年工人大多跟在老师傅后面亦步亦趋地学，可崔蕴不一样。他像是天生就对火箭有种近乎偏执的痴迷，别人还在按部就班地完成分内工作，他却已经琢磨起了整个系统的门道。

“他干完自己的活儿，还要跑去问工艺人员工艺问题，追着设计师问设计原理，甚至跑到人家办公室翻资料。”张晔回忆道，“下了班，他不是泡在图书馆看专业书，就是缠着厂里的技术员借书看。”

有一次，崔蕴约张晔去图书馆。两人各自挑了书，坐在阅览室里安静地看。一个多小时过去，张晔手里的《航天器结构设计》换成了《读者文摘》，可崔蕴呢？他面前摊开的，依然是那本《液体火箭发动机动力学》。

又过了半个小时，张晔实在坐不住了，悄悄地瞄了崔蕴一眼——他还在看，眉头微蹙，手指偶尔在书页上轻轻敲打，像是在心里计算着什么。

“咱们什么时候走呀？”她小声问。

“再等等。”他头也不抬，指了指旁边另一本《推进系统故障案例分析》，“等我把这本看完。”

张晔又好气又好笑。这人看书的样子，活像个饿极了的人扑在面包上，恨不得把每一个字都嚼碎了咽下去。

结婚后，崔蕴对火箭的痴迷丝毫未减。

按张晔的话说：“他看见航天杂志，就像小姑娘看见名牌包，挪不动脚。”家里的书架上，航天类书籍越堆越多，直到后来，连放杯子的地方都被挤占了。

那时候还没有双休日，一周仅有的一天休息日就显得特别金贵。崔蕴的“火箭时刻表”却雷打不动：上午攥着抹布扫地时带起一阵风，拎着菜篮子往市场冲的架势赛过赶火车，就连修起家电来都恨不得手脚并用地加速——锅碗瓢盆刚归位，他就直起身，额角还挂着汗珠子，眼睛里却亮得像藏了颗星星，对着张晔笑得有点“此地无银”：“下午……我去图书大厦逛逛？”

张晔早把丈夫那点小心思看了个透，嘴角噙着笑没点破，只轻轻点头：“去吧。”

话音还没落地，崔蕴已经拽过帆布包甩到肩上，“噔噔噔”地冲出门去，背影急得像被按了快进键，活脱脱怕晚一秒就会听见“反悔”似的。楼道里很快传来他轻快的脚步声，像揣着满口袋的期待，正往知识的海洋里扎呢。

在北京图书大厦的航天专区，他常常一坐就是半天，膝盖上摊开一本书，手里攥着笔记本，时不时地写写画画。有次管理员要关门了，喊了好几声，他才如梦初醒般抬起头，依依不舍地把书放回架子上。

日子就在这柴米油盐与图纸公式的交织中缓缓流淌。

每天清晨 7 点，崔蕴的身影已经出现在火箭总装厂房的入口处。换上防静电服前，他习惯性地摸了摸口袋里那张泛黄的工艺流程图——边角被磨得发毛，上面用红笔圈着的“芯级与助推器对接基准线”早已烂熟于心，但每天看一眼，像是给这双布满老茧的手再上一道“紧箍咒”。

早晨的碰头会开得简短却字字较真。“昨天助推器尾段的螺栓力矩，三号工位有两个差了 0.5 牛 · 米。”作为班组长的崔蕴声音不高，却让围站着的年轻工友们都收了声。他没多指责，只是拿起扭矩扳手演示：“这不是力气活，是细活儿——手腕发力要匀，听‘咔嗒’声的同时，得看表盘指针的稳定度，差一丝都不行。”

8 点整，巨型吊车缓缓吊起芯级箭体，崔蕴站在 10 米高的操作平台上，手里的水平仪在阳光下泛着冷光。“左移

崔蕴和爱人年轻时的合影

3 毫米，慢！”他对着对讲机喊，眼睛死死盯着仪器气泡，直到那抹蓝稳稳居中。这一步，他已经重复无数次，每次对接的精度要求从毫米级压到亚毫米级，他始终牢记，“火箭不认经验，只认数据”。

午休后，他的目光落在车间角落那台新到的激光跟踪仪上。年轻技术员凑过来：“崔师傅，这玩意儿比咱老水平仪准十倍。”他头也不抬：“再准的仪器，也得人盯着。你看这轨道接缝，激光扫过去是平的，但手摸上去有个肉眼看不出的毛刺——上了天，这就是隐患。”说着，他从工具箱里翻出细砂纸，蹲在轨道边慢慢地打磨起来。

下午的管路密封性测试是重头戏。当液氧模拟介质在管道里奔涌时，崔蕴的耳朵贴在保温层外，像听心跳似的捕捉着细微声响。“东北角的波纹管，有气泡声。”他忽然起身，指着一处被保温棉裹得严实的接口。拆开检查，果然是密封垫圈有道头发丝细的裂痕。旁边的徒弟咋舌：“师父，这您都能听出来？”他笑了笑，指腹蹭过那道裂痕：“火箭说话的声音，听久了，熟。”

暮色漫进厂房时，崔蕴才摘下安全帽，额角的汗珠顺着鬓角滑进衣领。他没急着走，而是绕着即将完成总装的箭体转了半圈，在他眼里，泛着金属的冷光的箭体，像一头蓄势待发的巨鸟。

车间的灯次第亮起，崔蕴的身影又埋进了密密麻麻的管线丛中。他知道，自己手里的每一颗螺栓、每一寸焊道，都是托举火箭冲向苍穹的“基石”——这活儿，干一辈子，值。

张晔渐渐习惯了丈夫半夜在台灯下写笔记的身影，习惯了家里的书架被专业书占去大半，习惯了逛商场时他总忍不住拐进科技书店。有一次，她在整理旧物时，翻出一个上了锁的木盒子，打开一看，里面全是崔蕴这些年的读书笔记——从最初用铅笔写的稚嫩批注，到后来用钢笔绘制的精密图纸，纸张边缘泛黄发脆，字迹却始终工整有力。

崔蕴与火箭的联结，早已像箭体与燃料箱般密不可分。在张晔眼中，他就是个彻头彻尾痴迷航天的人。

家里的聊天从没有“闲篇”。两人饭后散步，她说小区的月季开得旺了，他三句之内准会拐到“火箭燃料加注口的密封胶得像花瓣包蕊似的严实”；她提起家里新换的饮水机冲得快，他立刻盯着出水口琢磨：“这压力控制原理，能不能用到火箭氧化剂的输送泵上？”一旦话题沾了“火箭”的边，他的语速就会陡然加快，眉骨在灯光下绷出专注的棱角，那些夹杂着“舱段对接”“冗余设计”的句子像连珠箭似的射出来。张晔插不上嘴，只能笑着听，看他眼里的光比阳台那盏读图纸的台灯还要亮。

张晔偶尔也会带着点嗔怪地提起他被“吞噬”的爱好。刚结婚时，崔蕴的相机总挂在脖子上，周末会拉着她去郊外拍星空，说“要把宇宙装进镜头里”。那些年家里的相

崔蕴和爱人合影

册里，一半是她的笑脸，一半是银河与火箭模型的合影。可不知从什么时候起，相机被收进了衣柜最深处，镜头蒙上了薄尘，取而代之的是摊在餐桌上的图纸、写满公式的演算纸，还有枕头边永远翻卷了角的各种航天期刊。

在车间、在会议室、在任何能遇见设计人员的场合，崔蕴更是见缝插针地学习新知识。在食堂排队时听人说某款汽车的防撞梁用了新型复合材料，他端着餐盘就追上去问参数；看电视里报道航空发动机的降噪技术，他能立刻拨通设计师的电话，聊到深夜还意犹未尽。他总说，“火箭不是孤立的铁家伙，是所有先进技术的集大成者”。张晔记得，有次崔蕴半夜惊醒，突然坐起来，说梦到把高铁的轴承技术用到了火箭的回转平台上了。“你看，连做梦都在给火箭‘找灵感’。”

身边人常说崔蕴活得“太单一”，张晔却懂他藏在单一里的辽阔。“我们大多盯着手里的活儿，他却总在想10年后的火箭该是什么样。”

那些年，中国的航天事业还在艰难跋涉，长征火箭的成功率尚未稳定，无数像崔蕴这样的航天人，正用双手一点点搭建着通往太空的“天梯”。而张晔知道，丈夫对火箭的痴迷里，藏着的不仅是个人的热爱，更是一代人对星辰大海的向往。

日子一天天过去，中国航天也在一路向前。

从长征二号到长征五号，这一路，是中国航天的漫漫征途，也是无数航天人生活变迁的见证。

随着航天事业的发展，崔蕴的工作环境也有了天翻地覆的变化。从前拥挤昏暗的办公室，如今窗明几净，摆满了先进的模拟设备；过去人工计算到头晕眼花的数据，现在电脑几秒就能给出精确结果。崔蕴也从青涩的总装新人成长为独当一面的高级技工，可他对火箭的热情从未改变。

生活里，航天也融入了日常点滴。家里墙上贴满了火箭发射的剪报，孩子从小就会辨认各种型号的火箭。闲暇时，一家人会去郊外看星星，崔蕴指着夜空给孩子讲嫦娥奔月的故事，月光洒在他们脸上，映照着对未来航天探索的无限憧憬。

第四章

第二个生日

1990 年 7 月 12 日的西昌，像一口密不透风的蒸笼。卫星发射中心的棕榈叶垂着沉甸甸的水汽，太阳把地面烤得发烫，蒸腾的热气混着植物腐殖的腥气扑面而来，湿度表的指针死死卡在 98% 的刻度上。我国首枚长征二号捆绑运载火箭矗立在发射架上，箭体反射着金属冷光，与周遭湿热的空气形成诡异的对峙。

崔蕴抹了把额角的汗，蓝色工装早已被汗水浸透，贴在脊背上像一层黏腻的薄膜。作为火箭总装人员，他比任何人都清楚——箭体里装载的四氧化二氮是出了名的“毒脾气”，那液体只要暴露在空气中，瞬间就能化作催命的烟雾。此刻，他正盯着控制台屏幕上跳动的参数，指尖无意识地敲击着桌面。

下午 4 点左右，刺耳的警报声突然撕裂了发射场的宁静。

“助推器氧化剂泄漏！”对讲机里传来调度员变调的呼喊，“四号助推器舱体出现橘红色烟雾！”

崔蕴猛地站起身，血液瞬间冲上头顶。他抓起安全帽往头上扣，奔跑中听见风箱似的喘息声——不是自己的，是周围同事们急促的呼吸声。冲到箭体下方时，他看见橘红色的烟雾正从舱体缝隙里往外涌，像一头被困的野兽在拼命挣扎。那烟雾在阳光下泛着诡异的光泽，落地处的青草正以肉眼可见的速度枯黄、蜷缩。

“密封圈可能出问题了。”老队长带着颤音，“推进剂有毒，浓度超过 100ppm 就能致命——”

话音未落，崔蕴已经拿好工具包，他和 4 名试验队员现场紧急成立抢险小组，进舱排查原因。

五个人在临时搭建的防护棚里涂抹防护碱液，白色的液体糊在皮肤上，遇到汗水化成黏糊糊的糨糊。滤毒罐戴在脸上沉甸甸的，呼吸时能听见“呼哧呼哧”的气流声。崔蕴最后检查了一遍工具包，扳手的金属柄被手心的汗浸得发亮。

“记住，找到泄漏点先别硬拧，喊一声让外面知道位置。”他拍了拍队友小张的胳膊，对方重重地点了点头。

舱门打开的瞬间，一股辛辣的气味穿透滤毒罐直刺鼻腔。崔蕴率先钻进去，狭窄的舱体里挤满了管路，像纠缠的巨蟒，脚下的电缆线绊倒了他两次。橘红色的烟雾在光束中翻滚，落在防护面罩上，留下星星点点的白痕——那是硝酸腐蚀塑料的痕迹。

“这边！”小张的声音从左前方传来，带着滤毒罐的闷响。崔蕴挪过去，看见一根银色的管路接口处正往外滋滋地冒烟，烟雾遇到舱壁凝结成淡黄色的液珠，顺着金属壳往下淌。崔蕴伸手去摸扳手，手指却在颤抖——不是害怕，是汗水让手套变得湿滑。

“可能是传感器没拧紧。”他说着，用扳手卡住传感器的六角螺母。第一下拧下去，烟雾突然喷涌而出，吓得他猛地缩回手。橘红色的雾气瞬间包裹了他们。

“不对劲！”崔蕴突然意识到，“是密封圈被腐蚀了！”他想起资料里的描述，四氧化二氮对橡胶的腐蚀力极强，密封圈可能已经成了豆腐渣。果然，再拧时扳手突然打滑，一股橙黄色的液体顺着缝隙喷出来，溅在他的工作服上，发出“嘶嘶”的声响。

“快撤到舱门口！”崔蕴大喊着拽住身边的队友。他们退到舱门附近，摘下滤毒罐猛吸了几口外面的空气，肺部像被冰水浇过一样刺痛。小张咳得直不起腰，安全帽掉在地上滚到舱里，瞬间被烟雾吞没。

“不能等！”崔蕴看着腕表，“我进去堵，你们在门口递工具。”他抓起一块浸过防护液的棉纱，再次钻进烟雾里。这次他看得更清楚了，泄漏点周围已经被腐蚀出细密的孔洞，像筛子一样往外渗液体。

汗水顺着额角流进眼睛，和防护碱液混在一起，疼得崔蕴睁不开眼。他闭着眼凭手感摸索，手指触到滚烫的管路时猛地缩回——手套已经被腐蚀出了小洞。滤毒罐的过滤效果越来越差，辛辣的气味直往肺里钻，每呼吸一次都像吞了口火炭。

“拧紧了！”崔蕴用尽全力把备用密封圈卡进接口，再用扳手死死固定。烟雾渐渐小了下去，橘红色的雾气开始变淡。他瘫坐在舱底，听见队友们欢呼的声音，却喘不上气来。

崔蕴想站起来，腿却像灌了铅。他看见自己的袖口在冒烟，才发现工作服的肘部已经被腐蚀出一个破洞，皮肤传来火烧火燎的疼。意识模糊中，他感觉有人把他拖出舱体，滤毒罐被摘掉，新鲜空气涌进肺里——像有无数根针在扎肺泡。

王永志院士当时是航天研究院的院长，同时是这个火箭型号的总指挥，他们都在现场，都在外面等着，没有一个人离开。

“崔蕴！崔蕴！”有人在喊他的名字，声音忽远忽近。他想回答，却只能发出嗬嗬的声响。视线里的天空开始旋转，最后定格成一片刺眼的白。

再次有知觉时，崔蕴感觉有人骑在自己身上。膝盖被死死压住，手腕被攥得生疼，身体却在不受控制地抽搐。“别抽了……”一个模糊的声音在耳边说，“再抽就没命了……”他后来才知道，那是车间的老陈，为了防止他抽搐时咬伤舌头，只能用这种笨办法控制他。

西昌基地医院的急诊室里，医生们围着崔蕴团团转。检查结果显示，他的肺部遭受了高达 75% 的毒气腐蚀，出现严重水肿。护士拿着注射器的手在发抖，针管里的解毒药水泛着蓝黑色，像钢笔水。“常规剂量没用，”主治医生

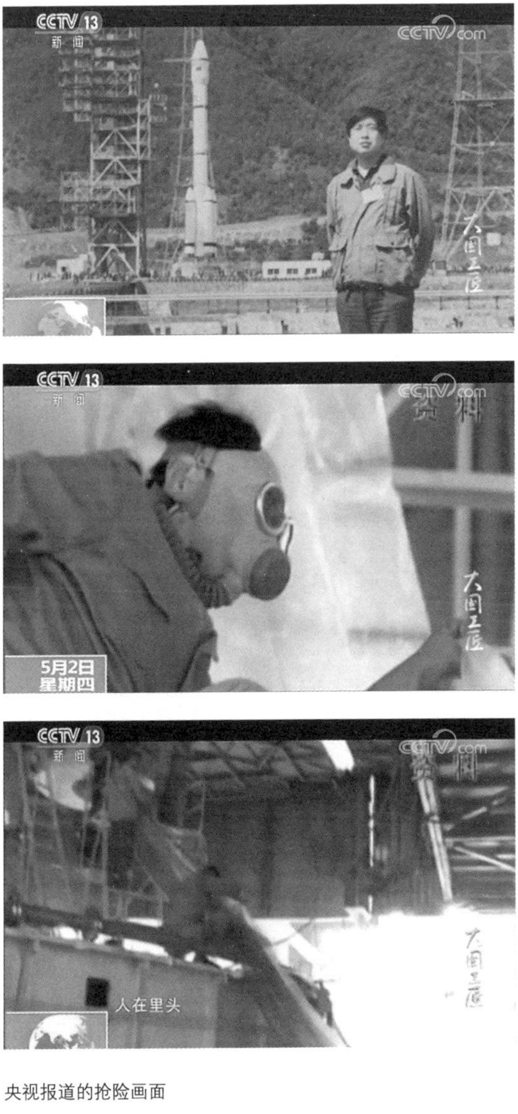

央视报道的抢险画面

咬着牙，“加量，10倍！”

针尖扎进胳膊时，崔蕴已经没了感觉。他能看见天花板上的吊扇在转，转着转着变成了火箭的助推器，橘红色的烟雾从扇叶里冒出来，把整个房间都染成了红色。不知过了多久，他听见有人说：“血压上来了。”然后又陷入了黑暗。

再次醒来是第二天清晨。阳光透过窗户照在胳膊上，崔蕴看见密密麻麻的针眼，每个针眼周围都泛着青蓝色。护士告诉他，昨天整整注射了40支解毒剂，胳膊上的血管都变成了蓝色。

抢险之后第二天，崔蕴和队友们的情况都稍稍稳定了些。伤者中有一个师傅姓魏，叫魏文举，当时还摇摇晃晃地来到崔蕴的病房，跟他寒暄了两句，又慢慢挪回了对门的病房。崔蕴看着他的背影，心里还想着等大家好起来，一起庆祝任务成功。却怎么也没有想到，就在这天晚上6点30分，魏文举师傅的病情突然急剧加重，最终没能抢救过来，壮烈牺牲了，那时他才50多岁。这个消息像一块巨石，重重地砸在崔蕴心上，让他久久无法平静。

远在北京的妻子张晔听到崔蕴受伤的消息时，只觉得头顶“嗡”的一声，天旋地转。那会儿她的肚子已经高高隆起，五六个月的身孕让行动都带着笨拙，却还在单位硬撑着上班。同事们都知道她身子重，一个个把消息捂得严严实实，说话时眼神躲闪，刻意绕开一切关于“前方”的话题。

可女人的直觉比什么都敏锐。那些欲言又止的沉默，那些突然压低的嗓门，像细密的针一样扎在张晔心上。她渐渐咂摸出不对劲——肯定是出事了。手心攥得发白，后背沁出冷汗，肚子里的孩子似乎也感受到了她的慌乱，轻轻踢了一下。

张晔不敢深想，却又控制不住地往最坏的地方猜。心疼像潮水似的漫上来，几乎要把人淹没。可她比谁都清楚，这节骨眼上，崔蕴不能退。他得往前冲啊。

办公室的风扇嗡嗡作响，张晔望着窗外灰蒙蒙的天，悄悄地把脸埋进臂弯。什么也做不了，只能一遍遍地在心里祈祷：老天爷，求你了，让他们平平安安的……

在长征二号捆绑运载火箭成功发射的那天，崔蕴带着氧气瓶，被医生护士抬到了医院的楼顶。他听着远处传来的火箭发射的轰鸣声，那声音穿透空气，也穿透了他心中的悲与喜，眼泪忍不住地往下掉。这几天里，从在病床上听到魏文举师傅壮烈牺牲的消息，到此刻见证这发火箭首飞成功，这种冰火两重天的滋味，崔蕴一辈子都忘不了。

等张晔再见到崔蕴时，已经是一周之后了。她看到的是经过两天抢救、躺在担架上被送回来的丈夫。

“你这条命，是抢回来的。”张晔坐在床边削苹果，眼圈通红，“医生说再晚到一小时，神仙也救不了。”

崔蕴想笑，却牵扯到胸口的疼。为了安慰妻子，他强撑着挤出笑意，打趣道：“你看这次抢救，说不定真改写了历史呢。以后这种解毒药水的最大注射剂量，说不定就得按咱们这次的抢救量来改了。咱们也算当回‘小白鼠’，给国家医疗事业添了点力，多值当啊！”他抬手摸了摸胳膊，那些蓝印儿像枚特殊的勋章。

那一年，崔蕴 29 岁，是抢险队员中最年轻的一位。

“前赴后继”——崔蕴想起父亲曾经和他说起的这个词儿，那些革命前辈，他们在抗日战争、解放战争里的拼劲儿，这个词就像刻在心里一样，行动上更是实实在在地体现着——一批人倒下了，立刻就有另一批人顶上去，从不犹豫，从不退缩。

其实，他们又何尝不是呢？险情面前，谁也没有想过退路。倒下两个，马上就有两个人补上来，就这么一茬接一茬地扛着，心里就一个念头：必须把任务完成，必须把险情排除。没人喊苦，没人说怕，更没人往后退……这大概就是传承吧，不管是战争年代还是和平时期，这种劲儿，从来都没断过。

从此，崔蕴生命里有了两个刻度。一个是母亲赋予的诞辰，记录着生命最初的啼哭；另一个，是 1990 年 7 月 13 日——这个将数字刻进骨血的日子，标记着他从烈焰与剧痛中挣脱，重获新生的瞬间。

再有人问起这件事，崔蕴总会笑着卷起袖子。那些淡蓝色的印记便从皮肤的褶皱里浮现，像被岁月冲刷过的河床，又像凝结的火焰冷却后留下的勋章。“瞧见没？”他的声音里带着点自豪的沙哑，“这可不是普通的疤。这是我的第二个生日。”

阳光漫过崔蕴的手臂时，那些蓝印儿忽然有了光泽，在汗毛的阴影里明明灭灭。恍惚间，竟像一片被收拢的星空——那是他从生死线上拽回的自己，是与命运掰过手腕后，时光给他盖下的、永不褪色的印章。

第五章 开启疯狂学习模式

回到北京后，崔蕴走路还很费劲，很长一段时间里，都需要别人搀扶着才能行动。

崔蕴常常想起舱体内翻滚的橘红色烟雾——那些烟雾在肺部灼出的痛感，化作一种更深刻的认识。29 岁的总装工第一次如此清晰地触摸到航天事业的本质：每一枚火箭的腾飞，都是用千万个细节的确定性，去对抗高风险深渊里的不确定性。

这次紧急抢险任务让崔蕴深刻认识到，航天事业的每一个环节都关乎成败，一失万无，稍有不慎，便可能酿成无法挽回的损失。火箭总装，不仅需要精湛的手艺，更需要深厚的理论支撑。

这次抢险，成了崔蕴职业生涯的转折点。

崔蕴的生活节奏骤然加快。别人下班后三五成群地闲聊、打牌，他却直奔北京图书大厦，一头扎进航天技术、材料力学、机械设计的书堆里，一坐就是一整天。他随身带着笔记本，遇到关键知识点就抄下来，遇到不懂的问题就反复琢磨，直到彻底弄明白为止。

“火箭上的每一个零件，都有它的道理。”他常常对同事说，“咱们总装工人，不能只会拧螺丝、焊电路，更得知道为什么这么设计，为什么这么装。”

崔蕴的求知欲近乎“疯狂”。有一次，为了搞懂某个新型火箭燃料舱的结构原理，他直接跑到设计部门缠着工程师问了一天。

“崔师傅，您这问题问得太细了，连我们设计师都得翻资料才能回答。”对方半开玩笑地说。

“那您就翻资料，我等着。”崔蕴笑呵呵地回应，“不问清楚，我心里不踏实。”

他的执着有时甚至让人“头疼”。某次，一位设计员被他问得招架不住，半真半假地抱怨：“崔师傅，您再这么问下去，我这工作都没法干了！”

崔蕴不以为意，反而哈哈大笑道：“问人学东西不丢人！您损我两句没关系，我脸皮厚，只要能学到真东西就行。”

在崔蕴看来，火箭总装不是简单的“拼积木”，而是一门精密的学问。

“运载火箭的零部件多达十几万个，每一个零件的材质、参数、装配精度，都必须了如指掌。”崔蕴说，“总装工人，不能只会按图纸干活，更得懂原理，否则就是‘盲人摸象’。”

为了让自己成为真正的“行家”，崔蕴不仅钻研火箭结构，还自学了材料力学、流体力学、电子电路等跨学科知识。他常说：“火箭技术日新月异，今天的新技术，明天可能就落后了。咱们不学习，就会被淘汰。”

崔蕴的学习方式很特别——不是死记硬背，而是“刨根问底”。每当接触新型号火箭，他都会先问自己几个问题：

这个型号和之前的有什么不同？

设计师为什么这么改？

这样的设计对装配工艺有什么新要求？

一天，崔蕴盯着眼前的长征五号运载火箭图纸，指尖在箭体结构示意图上轻轻滑动，突然停在助推器与芯一级的连接部位。“这圈螺栓的排列密度，比长三乙密了近三成。”他抬眼看向身边的年轻设计师，眼里闪着探究的光，“以前是等距分布，现在改成了梯度排列，这可不是随便

崔蕴检查员工工作日记

改的——是为了分散起飞时的纵向载荷吧？”

设计师刚点头，崔蕴又俯身凑近图纸，手指点向燃料贮箱的焊缝：“这道环缝的焊接角度从 45 度调成了 30 度，弧度也更平缓。我猜猜，是因为氢氧发动机推力增大后，贮箱壁承受的压力方向变了？这样改能减少应力集中，对不？”

等到了总装车间，崔蕴更是像台“行走的问号发生器”。看到新换上的智能对接装置，别人忙着记操作步骤，他却拉着工程师蹲在设备旁：“这传感器的探测范围比老款缩小了 20 厘米，但响应速度快了 0.3 秒。设计师这么改，肯定是为了适应箭体对接时‘小范围高精度’的需求吧？不过这样一来，咱们装配时的定位误差就得控制在 5 毫米内，比以前严了一倍，工艺上得加道校准工序才行。”

有一次，调试火箭尾段的姿控发动机，他盯着喷管的偏转角度标尺出神。“以前是固定的 ±10 度，现在改成了 ±15 度，还加了个微调齿轮。”他边说边用手比画，“这说明火箭入轨时的姿态调整更灵活了，但对咱们装配来说，喷管与箭体的同轴度要求更高了——以前差 0.5 毫米能过，现在恐怕得卡到 0.3 毫米以内，不然偏转时容易卡滞。”

旁边的徒弟拿着笔记本飞快地记录，崔蕴却忽然摆手：“别光记我说的，你得想——设计师每改一个参数，背后都是上百次的仿真试验。咱们装配时多问一个‘为什么’，就少一次返工的可能。”说话间，他已经拿起量具，对着刚安装好的部件量了起来，眼神里的认真，仿佛在拆解一道藏着宇宙奥秘的难题。

这种近乎偏执的学习，渐渐让崔蕴身上有了种奇特的气质。总装厂房里的年轻工人常看见他对着火箭贮箱发呆，有时突然伸手敲敲箱体，侧耳听那空洞的回响；有时又蹲在箭体下方，用卷尺丈量着管路的走向，嘴里念念有词。有一次，一个老师傅问他：“你记这么多数据，脑子装得下吗？”他指着箭体上密密麻麻的接口：“别看这上万个零件，每个都有它的脾气。就像咱大伙儿的名字，记熟了，谁擅长拧螺栓，谁擅长焊管路，心里自然有数。”他拿起一个传感器，指尖抚过上面的螺纹：“这个小家伙，上次在西昌差点要了我的命，现在我知道它怕什么——怕应力不均，怕密封圈老化，更怕我们总装人对它一知半解。”

崔蕴坚信，任何行业都没有“全知全能”的专家，每个人都有自己的长处。

“火箭技术迭代快，但基本原理是相通的。”他说，“你把一个型号吃透了，再学下一个就会轻松很多。但前提是，你得踏踏实实地去学，没有捷径。”

不怕丢面子，不懂就问。问透了，弄明白了，那点学问就成了自己的真本事。

接触时间长了，大家都知道，只要沾了“火箭”二字，崔蕴的话匣子便像被点燃的推进器，再也关不上。无论是娓娓道来的技术细节，热火朝天的方案探讨，还是面对疏漏时不留情面的批评，甚至带着点“恨铁不成钢”的责骂，他总有办法绕回那个核心——一切都为了火

崔蕴（中）为职工讲解火箭装配环节

箭。哪怕同事闲聊的话题再发散，他也能像精准的导航系统，不动声色地把话头牵回箭体、焊缝、参数这些“老本行”上。

车间有个姑娘，老家在农村，家里种了很多棉花。崔蕴跟她聊起棉花的株距行距，讲起掐枝、打顶的门道，竟头头是道，仿佛他不是总装车间的大师，而是田埂上摸爬滚打的老把式。姑娘正琢磨着他怎么对农活儿这么熟，他话锋一转：“你看，种棉花要株距匀、行距准，多一分少一寸都影响收成；咱们装火箭也是一个理，螺栓的力矩差一牛，焊缝的宽度偏一毫米，都可能出大问题。”旁边的人这才恍然大悟——这哪是在聊棉花，分明是借着家常话聊火箭，还把“精准”二字往每个人心里刻呢！

谁跟崔蕴聊过天，都会被那份“无所不知”惊到。他像个“活字典”，天文地理、农工百艺，似乎没有他接不住的话茬。“人这辈子就几十年，多看看、多学学总没错。”他常说，“别觉得这跟火箭八竿子打不着，说不定哪天就成了破题的关键。”路边的建筑结构、厨房里的高压锅原理，甚至菜市场的秤砣校准，他都爱琢磨个究竟。那些看似“无用”的知识，有时真就成了攻关的钥匙——比如从老式钟表的齿轮咬合里，悟到了箭体对接的微调技巧；从面团发酵的温度控制中，联想到密封胶的固化规律。

为了火箭，崔蕴把自己活成了“杂家”。而这个“杂家”总是心无旁骛地围着火箭转，又在无数个看似不相干的瞬间，为他的总装事业点亮了灵感。

崔蕴对火箭的执着，在生命长河里刻下最鲜明的印记。若说“执着”，似乎还轻了些——那份痴迷，是旁人眼中近乎“偏执”的热爱，只是这“偏执”在他身上绝无半分贬义，反倒成了“极致投入”的最佳注脚。

1992 年的冬天来得特别早，总装车间的暖气还没通，崔蕴却在资料室捂出了一身汗。他刚解开一个困扰了半个月的难题：为什么某型号火箭的尾段连接螺栓总是出现松动？当他把温度变化对金属膨胀系数的影响、振动频率与螺纹配合间隙的关系都在图纸上推演清楚时，窗外的雪已经落满了操场。他呵着白气给设计人员打电话，听筒里传来对方惊喜的声音：“你这个分析，比我们计算报告还透彻！”

挂了电话，崔蕴望着窗外那片白茫茫的世界，忽然想起魏文举师傅——那位在西昌牺牲的老战友，他在牺牲前向党支部的思想汇报中，还在写“要在工作中发挥党员的模范作用，把本岗位的工作做好，为完成最后的成功首发做出努力”。他得把老战友未竟的航天梦变成现实。

在航天人的心目中，有一种使命比生命更重要，那就是航天报国。在持续的学习与实践中，崔蕴向着自己的目标前进——成长为火箭总装领域的权威。他从未停下学习的脚步。

“你真正去关注它、研究它、琢磨它，最后把它琢磨透了，自然就成了专家。”这是他常说的话。

在航天这一高精尖行业里，崔蕴用行动诠释着：真正的工匠，不仅要有过硬的手上功夫，更要有“打破砂锅问到底”的钻研精神。

“只有自己先想通了，才能带着团队干明白。”他曾坦言，“如果连我都稀里糊涂，那装配出来的火箭，谁能保证没问题？”

后来有人问崔蕴，那段疯狂学习的日子累不累。他正蹲在新到的火箭部件旁，用卡尺测量着一个导管的内径，闻言抬头笑了，反问：“你见过海绵吸水累吗？”

第六章 长三甲一战成名

火箭总装工作是一个锱铢必较的活，大到几米直径的不断对接，小到一颗小小螺丝钉的安装都有着严格的力矩要求，而这些要求都是经过地面反复试验、模拟空中飞行得出的数据。

1992 年深秋的一天，崔蕴正蹲在长征二号丙火箭的箭体旁，用扳手一点点拧紧对接处的螺栓——这活儿容不得半分差池，每个螺栓的力矩都得精确到牛·米。

“小崔，厂长叫你去办公室。”调度员扯着嗓子喊了一声，声音在空旷的车间里“撞”出回音。

崔蕴直起身，摘下手套，心里在嘀咕。厂长亲自召见，多半不是小事。他把扳手挂回工具袋时，瞥见旁边年轻工人们交换的眼神——最近厂里都在传，那枚被称为“长三甲”的新火箭在总装环节卡了壳，工艺员的位置空了快一个月，没人敢接。

厂长办公室的茶杯里飘着浓茶的香气，他的手在杯沿上摩挲了两下，开门见山：“长三甲的工艺员，我想让你试试。”

崔蕴的脚像钉在了原地。“厂长，这……”他张了张嘴，喉咙有点发紧，“厂里的工艺员都是科班出身，我一个从装配线上摸爬出来的，怕是……”

“怕什么！”厂长打断崔蕴，把一份图纸推到他面前，“长三甲是新型号，全箭采用百余种新材料，光三级发动机的密封工艺就没有先例。那些大学生是理论扎实，可他们踩过多少实际装配的坑？你在总装线上干了10年，长征二号的每个焊点、每个接口，闭着眼睛都能摸对，这就是你的底气。”

图纸上的长三甲火箭线条凌厉，箭体上标注的密密麻麻的参数像一群跳跃的蝌蚪。

“没人带，所有工艺文件都得从零开始写。”厂长的声音沉了沉，“写错一个参数，可能就是上亿元的损失。你要是觉得扛不住，现在说，我不怪你。”

崔蕴抬头时，正看见窗外的银杏叶被风吹得打转，像极了他此刻的心绪。他想起刚进厂时，师父常说的那句话：“火箭是铁做的，可装火箭的人得有钢打的骨头。”他深吸一口气，把图纸卷起来揣进怀里：“厂长，我接。但我有个条件，我要查近5年所有航天材料的技术手册。”

走出办公室时，夕阳已把车间的玻璃窗染成金红色。几个相熟的工友围上来，笑说：“这是要鲤鱼跃龙门啊！”崔蕴扯了扯嘴角，没说话。他知道，这哪里是跃龙门，分明是要在刀尖上跳舞。

下班回家后，崔蕴把自己埋进了资料堆里。台灯的光在他脸上投下深深的阴影，手里的书被翻得卷了边。他想起白天在车间看到的一种新型胶黏剂，急忙翻到“有机硅密封胶”章节，指尖划过一行小字：使用环境温度需控制在15～25摄氏度，相对湿度不大于60%。他猛地坐直了——总装车间的暖气时好时坏，冬天温度常跌破10摄氏度，这胶要是按常规方法用，肯定出问题。

“得加个恒温棚。”他摸出铅笔在草稿纸上画起来，笔尖在纸上沙沙作响，“还要设计专用的施压工具，保证胶层厚度均匀……”窗外的月光透过铁栅栏照进来，在他的图纸上投下几道细长的影子，像极了火箭腾空时的尾迹。

第二天一早，崔蕴抱着一摞图纸闯进了设计师办公室。年轻的设计师小李抬头看见他，眉头皱了皱：“崔师傅，您这是……”

“小李，你看这个。”崔蕴把图纸摊开，指着恒温棚的设计图，“你们指定的 704 胶，在咱们车间的环境下根本

崔蕴为员工讲解火箭装配要点

达不到温度要求，必须加恒温控制。”

小李扫了一眼图纸，嘴角撇了撇道：“崔师傅，设计手册上可没这要求。我们做过模拟试验，零下5摄氏度都能固化。”

“实验室的环境能和车间比？”崔蕴的声音陡然拔高，“上个月装配长二丙时，就是因为车间湿度超标，导致胶层出现气泡，忘了？”他又抓起桌上的游标卡尺，“你们算的是理论数据，可实际操作中，工人的手套带进去的湿

崔蕴（左）为员工讲解火箭装配要点

气、工具摩擦产生的静电，都可能会影响胶的性能。”

办公室里的空气瞬间凝固了。其他设计师都停下了手里的活儿，看着这两个脸红脖子粗的人。小李的脸一阵红一阵白，抓起设计手册翻到某一页：“你看，这里明确写着‘允许误差 ±5 摄氏度’……”

“那是针对卫星舱内的环境！”崔蕴一把夺过手册，指着封面上的小字，“这是航天器内部用胶的标准，咱们用在箭体外部，就得按运载火箭的标准来，误差不能超过 ±2 摄氏度！”他从口袋里掏出个小本子，翻开里面记满的笔记，“这是我查的近 10 年国内外火箭密封失效案例，有 37% 是因为环境控制不到位，其中 29% 用的就是这种 704 胶。”

小李的手指在桌子上抠了抠，最终拿起笔在图纸上改了起来：“行，恒温棚的方案我报上去。但你得保证，棚内的湿度控制能精确到 ±3%。”

“我用湿度传感器实时监控。”崔蕴的语气缓和下来，“下午我带工人搭个试验棚，你过来看看？”

走出设计楼时，崔蕴的后背已经被汗湿透了。他靠在墙上喘了口气，风从楼群间穿过，带着哨音，他忽然觉得这声音像极了火箭试车时的轰鸣。

这样的交锋成了家常便饭。崔蕴的口袋里总装着个小本子，正面记着待解决的问题，背面写着从图书馆抄来的公式。每个周末，他都准时出现在北京图书大厦。管理员都认得这个穿着工装的中年人，总是把最新的《航天工艺》杂志留给他。

“崔师傅，又来查资料啊？”管理员递过去一杯热水。

“嗯，想看看国外的低温焊接工艺。”崔蕴接过水杯，手指在“钛合金焊接应力消除”的章节上敲了敲，“长三甲的三级箭体用了新型钛合金，常规焊接会产生裂纹。”

“上周刚到一批俄罗斯的资料，在最里面的架子上。”

晚霞透过图书馆的玻璃窗时，把崔蕴的影子拉得很长。

这样的日子像上了发条的钟，转得飞快。车间里多了个“崔蕴工作室”，每天收工时，总有工人看见他在里面写写画画，有时会突然拍着大腿喊：“有了！”吓得路过的人一哆嗦。

1993 年夏天，长三甲的尾段总装遇到了麻烦。设计师指定的密封胶在试涂时总出现气泡，崔蕴带着三个徒弟在恒温实验室守了三天三夜。他们把温度从 18 摄氏度调到 22 摄氏度，又把涂胶速度从每分钟 30 厘米降到 15 厘米，终于在 200 多次实验后找到窍门：在胶体里掺万分之三的消泡剂，且必须在搅拌时保持 45 度倾角。当他把写满数据的记录表拍在设计师桌上时，对方推了推眼镜："老崔，这细节比我们设计文件还周全。"

1993 年的除夕夜，崔蕴还蹲在模拟箭体旁，用橡皮泥模拟胶层的流动状态。妻子打来电话："怎么还不回来，年夜饭已经上桌了。闺女可说了，爸爸是不是把家搬到火箭上了。"

崔蕴回到家，看到忙得脚不沾地的妻子，忽然红了眼眶。"再熬熬，等长三甲上太空了，我带你们去北戴河。"

总装车间员工晨会

他夹起一个丸子塞进嘴里，烫得直吸气。

妻子看着丈夫心疼道：“别太拼了，你这咳嗽都快一个月了。”

“没事，老毛病。”崔蕴抹了把嘴，“我发现，胶层厚度控制在 0.8 毫米时，密封性能最好。”

窗外的烟花在夜空中炸开，崔蕴抬头望了一眼，忽然觉得那些绽放的火花，像极了火箭升空时的尾焰。

1994 年 2 月 8 日，西昌卫星发射中心。崔蕴站在观礼台的角落里，手心全是汗。长三甲火箭矗立在发射台上，像一柄银色的利剑，直指苍穹。总设计师拍着他的肩膀：“小崔，你的工艺文件我看了，做得很细致。”

崔蕴笑了笑，眼睛却没离开火箭。

点火的刹那，橘红色的火焰从箭尾喷涌而出，照亮了整个山谷。崔蕴感觉那轰鸣声不是从耳朵里进去的，而是从心脏里炸开的。火箭缓缓升空，拖着长长的尾迹穿过云层时，像系在天上的一条红绸带。

“成功了！”观礼台上爆发出欢呼声。崔蕴望着那抹渐行渐远的微光，忽然读懂了天空的秘密——原来它本就是一片倒置的深海。火箭正化作沉稳的航船，在这片星海间稳稳前行，载着独属于中国航天的浪漫，驶向更远的深蓝。

第七章 营救队友

长三甲火箭发射成功庆功宴上，厂长把酒杯递到他面前：“老崔，长三甲这枚勋章，有你的功劳。”崔蕴却盯着窗外的月亮发愣，那会儿他还想不到，这枚被称作“劳模”的火箭，会在20年后托举着北斗卫星组网，把中国的导航信号撒遍全球。

半年后，崔蕴抱着一摞工艺文件走进车间主任办公室。“我想回总装车间。”他把文件放在桌上，纸张发出整齐的沙沙声，“这些标准你们照着用，我还是适合拧螺丝。”

窗外的阳光落在他磨出茧子的手背上，那双手既能写出精确到秒的工艺规程，也能在拧螺栓时凭触感找到最合适的力道。

远处的试验田里，蒲公英的种子正乘着风飞向天空，而他知道，属于中国火箭的征途才刚刚开始。

回到装配线后，有人说崔蕴傻，放着干部不当要当工人。他只是笑笑，继续手里的活计。直到多年后，嫦娥奔月的火箭从总装车间推出时，年轻的工艺员指着箭体上的密封胶层问：“崔师傅，这 0.8 毫米的标准是怎么定的？”

崔蕴望着那光滑的胶层，仿佛又看见当年那个在图书馆里画图的自己。“试过无数次，才找到这个最合适的数。”他摸了摸箭体，像抚摸着老朋友的肩膀，“火箭这东西，来不得半点虚的。你对它实在，它就对你实在。”

俗话说“技多不压身”“机遇总是垂青于有准备的头脑”，诚哉斯言。凭借多年学习积累的理论知识和抢险经验，在一次火箭发射前，崔蕴及时救下了一个命悬一线的队友。

当时崔蕴是总装一组组长兼管长三甲工艺。有一次指挥操作人员抢修故障。发射场的夏夜裹着一层焦灼的热气。脐带塔下的灯光把每个人的影子拉得又瘦又长，像绷在弦上的箭。崔蕴站在舱门口，额角的汗珠顺着安全帽系带往下滑，砸在胸前的工作牌上——“总装一组组长崔蕴”几个字早被汗水洇得发皱。

“郑师傅，里头压力怎么样？”他对着舱内喊，声音被面罩过滤得有些发闷。

舱内传来郑师傅瓮声瓮气的回应：“没问题，气压稳着呢。”

崔蕴扒着舱门往里瞅，只见郑师傅正猫着腰检查管线，后背的蓝色工装洇出一大片深色汗渍。舱里灌满了氮气，这种无色无味的气体能隔绝氧气防止金属氧化，却也像个沉默的杀手，一旦泄漏就会悄无声息地剥夺人的呼吸。

“踏板灯亮不亮？”崔蕴又问，手指无意识地摩挲着门框上的漆皮。这是长三甲火箭的最后一次总装检查，任何微小的疏漏都可能让数年的心血付诸东流。

“亮着呢，都检查三遍了。”郑师傅直起身，抬手抹了把脸。隔着透明面罩，崔蕴看见他眉头拧成个疙瘩，像是有些不舒服。

就在这时，郑师傅的身子忽然微微一晃，像被风推了一下的稻草人。

崔蕴的心猛地一沉。那晃动太轻微了，站在他身后的

20 多号人里，多半只当是老师傅蹲久了腿麻。可崔蕴的眼睛像钉在了郑师傅身上——他清楚这位老搭档的性子，向来稳得像块石头，绝不会无缘无故地晃悠。

“郑师傅？”他试探着喊了一声，声音里带了自己都没察觉的紧张。

郑师傅没应声，只是脑袋又小幅度地晃了两下，像是在跟什么东西较劲。更让人揪心的是他的眼睛，隔着面罩都能看见眼皮在快速颤动，像是被什么蜇了似的急眨。

崔蕴（左一）为员工讲解火箭装配要点

“不好！”崔蕴脑子里像炸了个响雷。上个月刚看过的一本书瞬间浮现在眼前：氮气中毒初期症状，步态不稳，意识模糊，眼部黏膜受刺激引发频繁眨眼……

“面罩！他的氧气管接错了！”崔蕴的吼声劈碎了现场的沉闷。没等身后的人反应过来，他已经像头豹子似的扑了过去，右手一把揪住郑师傅的面罩系带，左手按住舱门猛地发力——

“哗啦”一声，面罩被硬生生拽了下来，塑料扣崩飞出去砸在金属壁上，发出刺耳的脆响。

“你干什么？！”身后传来调度员小王的惊呼，他以为崔蕴疯了——在氮气环境里掀掉面罩，这不是要命吗？

可下一秒，所有人都愣住了。失去支撑的郑师傅像摊软泥似的往旁边倒去，眼睛翻白，嘴唇瞬间憋成了青紫色。崔蕴眼疾手快，左手抄起他的腰，右手死死扣住他的工装领口，借着冲劲往旁边一拽。

这时候他才发现，郑师傅脚下就是回转平台和火箭之间的缝隙。那道一尺来宽的缝像张开的嘴，往下望去，60 多米深的水泥地面在灯光下泛着冷硬的光。

“不好！”崔蕴脊梁骨直冒冷汗，他把郑师傅往怀里一搂，借着惯性猛地向后一滚。两人像个陀螺似的在狭窄的平台上翻滚，安全帽“哐当”撞在一起，发出沉闷的响声。

“拦住他们！”不知是谁喊了一嗓子。旁边的电工老李反应最快，一脚伸到崔蕴身后，硬生生止住了翻滚的势头。崔蕴只觉得后背撞在一个硬东西上，疼得龇牙咧嘴，可他顾不上这些，反手将郑师傅翻过来平放在地上。

“老郑！老郑！”他跪在地上，左手拇指狠狠掐住郑师傅的人中，右手扬起来就往他脸上扇去。

“啪！”清脆的巴掌声让周围的议论声戛然而止。

“老崔，你疯了？！”有人冲上来想拉他，被他狠狠一甩胳膊打开了。

“别碰！”他眼睛赤红，手上却没停，“啪啪”又是两下，“醒过来！给我醒过来！”

郑师傅的脸很快泛起红印，可他依旧毫无反应，眼睛紧闭着，胸口起伏微弱得像风中残烛。崔蕴急得额头上青筋暴起，第五个耳光扇下去的时候，他的手都在抖——他知道，每多耽误一秒，郑师傅的生机就少一分。

“咳咳……”突然，郑师傅喉咙里发出一阵嘶哑的响动，嘴角慢慢涌出白色的泡沫，顺着下巴往脖子上淌。

崔蕴的手顿住了，他几乎是立刻就俯下身去听，当听到那微弱却真实的呼吸声时，整个人像是被抽走了所有的

崔蕴在检查火箭配件质量

力气，瘫坐在地上。

“醒了……总算醒了……”他喃喃自语，抬手抹了把脸，满手都是黏糊糊的白沫子。

郑师傅缓缓地睁开眼，眼神还有些涣散，他看着崔蕴，嘴唇动了半天，才挤出一句含混的话：“小崔……我刚才……吸的啥啊……”

崔蕴这才长出一口气，紧绷的神经骤然松弛，连带着声音都带了点颤抖的笑意。他举起沾满白沫的手，往郑师傅工作服上一抹：“你自己瞅瞅，这都是你的‘宝贝’，还给你。”

直到这时，周围的人才如梦初醒。调度员脸色煞白地指着舱壁上的管线：“是……是氧气管！有人接错了！把空气管接到氮气管上了！”

人群里顿时炸开了锅。负责管线对接的两个小伙子脸都吓绿了，蹲在地上半天说不出话。老李抹了把冷汗，拍着崔蕴的肩膀：“好家伙……再晚半分钟，老郑就从那缝儿掉下去了……60 多米啊……”

崔蕴没接话，只是盯着那道窄缝出神。风从缝隙里钻出来，带着点水泥地的尘土味。他忽然想起刚入行时师父说过的话：“搞火箭的，手上得有活儿，脑子里得有弦，眼里得有光。”那时候总觉得是老掉牙的念叨，此刻才品出沉甸甸的分量。

后来在复盘会上，崔蕴站在投影幕前，指着氮气中毒的病理图给大家讲解：“氮气无色无味，但吸入后会置换肺泡里的氧气。中枢神经缺氧时，人会先步态不稳，接着意识模糊，眼部黏膜受刺激会频繁眨眼——这些都是身体在求救。”

崔蕴顿了顿，目光扫过在场的每个人：“我们总说安全第一，可安全不是喊出来的。得知道风险藏在哪儿，得看得懂那些不起眼的信号。就像郑师傅那几下晃悠，看着是小事，背后可能就是要命的隐患。”

郑师傅后来总跟人说：“那天要不是小崔，我这条命早就交代了。他那几个耳光，打得比啥都亲。”

而崔蕴每次走过那座脐带塔，都会下意识地看看那个一尺宽的缝隙。他一遍遍提醒自己：真正的功夫从不在花哨的招式里，而在那些日复一日积累的经验里，在那些对细节近乎偏执的关注里，在关键时刻敢拼敢闯的勇气里。

就像武林高手的内功，平时看不见摸不着，可到了生死关头，那点深扎在骨子里的功夫，总能救人一命，也能护住肩上的责任。

第八章 火箭总装厂里的『活数据库』

在火箭总装车间，崔蕴的身影总显得有些“出格”。他的“怪”不可复制：他既拿着扳手拧过螺栓，也坐在办公室里审过图纸；既在工艺室画过流程图，也在调度台安排过生产计划。有人笑他“不务正业”，他却总说：“火箭是个整体，只懂一块行不通。”

崔蕴的履历表上，岗位变动记录得密密麻麻：三次调任工艺岗，两度执掌管理岗位，还当过总装车间的调度组长和工会主席。最让人意外的是，当工会主席那几年，他把年轻人带得能独当一面后，竟主动递了辞呈：“我还是回车间盯火箭踏实。”

这种“跨界”的特质，在长征五号研制期间越发凸显。此时已是特级技师的崔蕴在车间负责技术管理，他已不能像从前那样来去自由。新型火箭接连上马，崔蕴的任务越来越重。

任务艰巨，但崔蕴忙而不乱，对火箭手拿把掐，心中有数。从长征三号到长征八号，听起来只有6个型号，但事实上，没有任何两发火箭是完全相同的。“重量轻一点，推进剂就少加点；重量重一点，推进剂就多加点。即使两发火箭自身完全一样，但如果发射时间不一样，温度不同，液体密度不同，诸元计算都不同。比如，北斗卫星打了这么多发，每次的轨道面都不一样，发射倾角、发射时间也各不相同，诸元就都不一样。”崔蕴说，之所以要算得这么精细，是因为火箭总装是一个锱铢必较的活儿，“火箭的结构很脆弱，因为火箭的设计余量很小，比如汽车，为了结实，给车身多加100公斤重量也不算什么，但火箭每多加1公斤，要多加成本，所以所有的结构都要精确负荷。”

国际惯例，火箭发射成功率在95%以上，才能称为

“金牌火箭”。中国自行研制的长征系列运载火箭，历经半个世纪，已经形成了包括 10 多个型号在内的庞大家族。近 20 年来，长征系列运载火箭发射成功率在世界上名列前茅，其中的发射主力是“长三甲”系列，包括长三、长三丙构型，是我国首个发射次数突破 100 次的单一系列运载火箭，堪称金牌中的金牌。

面对金牌中的金牌，崔蕴的脑子就像一个数据库，里面记录着很多数值，还有各种材料的特性。每当看到图纸，这些信息就开始自动关联查验纠错，连设计人员都经常会向他请教咨询一些问题。崔蕴常说，对的结构和对的结构组合在一起也可能不协调，装配上了才发现问题不算啥，在一切正常时发现隐患才叫本事。

有一次装配长征三号，崔蕴发现助推器的电缆束比设计值重了 300 克。他连夜召集技术员排查，最后发现是某个插头的镀层厚了 0.02 毫米。“看着不起眼，积少成多就麻烦了。”他带着人重新电镀插头，光这一项就熬了两个通宵。有人觉得没必要，他却翻出手册：“长三乙的运载能力是 5.5 吨，300 克就是万分之五的误差，到了轨道上可能差出几十公里。”

这种精细渗透在每个环节。北斗卫星发射时，他会根据发射时间计算液体燃料的密度：“冬天温度低，推进剂密度大，得少加 2.3 升；夏天热，密度小，得多加 1.8 升。”连箭体上的螺栓，他都按位置记着不同的扭矩值：“一级发动机的螺栓要 320 牛·米，二级的就得 280 牛·米，差一点都不行。”

同事们都说，崔蕴的脑子就是个“活数据库”。材料的特性、零件的公差、设备的参数，他张口就来。有一次设计人员画错了某型材料的膨胀系数，是他一眼识破：“这种铝合金在 –183 摄氏度时，收缩率应该是 0.32%，不是 0.3%。”后来查资料，果然分毫不差。

崔蕴的“数据库”里，最珍贵的是那些“例外情况”。比如，某批螺栓在湿度超过 65% 时会生锈，某型密封圈在光照下老化速度加快，这些都被他记在随身的本子上。

长征七号研制期间，崔蕴在发动机试车报告上发现了个不起眼的数字：氦气温度 300 摄氏度。而当时用的密封圈，耐高温上限是 80 摄氏度。他拿着报告冲进设计室时，手里的铅笔都在抖：“这要装上去，试车时准得出事！”

设计人员起初不以为然：“以前长三甲用的就是这种密封圈，没出过问题。”崔蕴急得直拍桌子：“长三甲是自身增压，温度才零下几十摄氏度；长七是高压补燃，温度差着几百摄氏度！”他连夜做实验，把密封圈放进高温箱，不到半小时就看到它开始熔化。“你看！”他举着变形的密封圈，声音都哑了，“这要是在箭体里，液氧泄漏就是灾难性的！”

后来型号“两总”会上，采纳了崔蕴的建议：重新研制耐高温密封圈。试车那天，崔蕴蹲在发动机旁盯了整整4个小时，直到听到“密封良好”的报告，才发现自己的指甲把掌心掐出了印。这种“未卜先知”的本事，源自他对每个零件的“吃透”——为了弄明白贮箱结构，他在焊接车间蹲了三个月，连焊工的手法都摸得一清二楚；为了研究管路振动，他带着传感器在试车台守了十几个通宵。

在长征三号的共底蜂窝结构检漏难题上，崔蕴的创新更是让人拍案叫绝。当时氦质谱检漏总出偏差，崔蕴盯着气瓶琢磨了三天，突然想到：“把氦气和空气先在瓶里混匀了再充进去！”这个看似简单的法子，让检测数据的准确率一下子提到了100%。后来用这个方法装配的几十发火箭，没出过一次漏气问题。

最让人惊叹的是铱星发射任务。作为中美联合操作的中方指挥，崔蕴要面对的是两套截然不同的技术标准。他拿着中美双方的手册比对了一个月，编写出全新的操作流程：吊装角度精确到0.5度，对接速度控制在每分钟3厘米，连测量工具的校准时间都做了规定。美方代表起初怀疑：“这样太烦琐了。”可当中国团队用这套流程完成对接，比美方最快纪录还快20分钟时，对方竖着大拇指说：“中国的技术，一流！”

在总装车间的角落里，有个崔蕴专属的“实验室”：几个旧货架上摆满了螺栓、密封圈、金属管，最显眼的是一

崔蕴为参观人员讲解火箭构造

崔蕴为参观人员讲解火箭构造

台自制的振动测试装置——用电机带动金属杆，模拟火箭飞行时的震动。“每天不做点实验，心里不踏实。”崔蕴说。

为了弄清楚管路的耦合振动，崔蕴带着徒弟做了上百次实验。他们在不同位置加装管卡，测量振动频率的变化，最后画出一条“安全曲线”：在哪些位置加卡子，能让管路频率避开火箭的固有频率。“就像给琴弦调松紧，不能让它和琴身共振。”他拿着数据图表，给年轻人讲解时，手指在管路上敲出“咚咚”的声响，“你听，这个声音不对，说明卡子位置还得调。”

崔蕴的实验记录本上，记着些看似“无用”的发现：某种螺栓在拧到第 28 圈时最容易出现冷作硬化；某种橡胶在 −196℃时弹性会损失 17%；甚至连不同品牌扳手的扭矩误差，他都做了对比。“现在用不上，不代表将来用不上。”有回小王问他何必这么较真，他指着窗外的长征八号：“这火箭上的很多技术，都是 10 年前的实验攒出来的。”

这种执着，让他成为中国运载火箭研究院首个弹箭体装配专业特级技师。有人问他最骄傲的成就是什么，他没提那些重大任务，反而说起个小事：“有回发现个密封圈的微小裂纹，当时没人当回事，后来证明要是上太空了，准得出大问题。”

同事们说，崔蕴就像火箭的“定盘星”，有他在，再复杂的装配难题都能找到方向。而他自己常说：“我哪是什么专家，就是个爱琢磨的工人。火箭这东西，差一点都不行，我不过是想把那点‘差一点’找出来罢了。”这句话里，藏着一个航天人最朴素的坚守——在追逐星辰的路上，每个细节都值得拼尽全力。

第九章 重返总装战场

崔蕴的办公桌上总摆着个保温杯，杯身上印着“中国航天”4 个字。那天他正用这杯子泡着浓茶，左手无名指突然不受控地抽搐起来，他愣了愣神，想起半年前体检报告上的红箭头——血压 160/100mmHg，甘油三酯 3.2mmol/L，医生当时敲着桌子说：“再不管就要出大事。”

“崔师傅，”车间的小王过来通知，“下午火箭吊装方案评审，要您去参加。”

崔蕴捏了捏发麻的手指，把杯子往桌上一顿：“好，知道了。”但他那时还不知道，这具支撑他爬过无数火箭箭体的躯体，已经悄悄地拉响了警报。

第一次脑血栓发作在深秋的凌晨。崔蕴被剧烈的眩晕拽出梦乡，睁眼时发现天花板在逆时针旋转，像枚失控的陀螺仪。他想喊醒身边的张晔，喉咙里却只能发出嗬嗬的气音。张晔被这奇怪的声响惊醒，摸黑打开台灯，看见丈夫歪在床头，嘴角不受控地向右撇着，涎水浸湿了枕巾。

“崔蕴！崔蕴！你怎么了？”张晔的手抖得像秋风里的落叶，摸到电话时差点把听筒摔在地上。急救车的鸣笛声刺破小区的寂静时，崔蕴脑子里闪过的最后一个念头，是总装车间那枚正等着穿电缆的火箭“一子级”。

输液管里的药液顺着透明的胶管滴进血管，像细小的工程兵在疏通淤塞的河道。傍晚时分，崔蕴的手指终于能蜷曲着抓住张晔的手了。“车间……今天……”他声音发僵，每个字都像从生锈的轴承里挤出来。

“别操心那些了！医生说你这是小中风，再晚点就瘫了！”张晔把削好的苹果递过去，被他用没扎针的手推开。

“明天……我能上班。”他盯着输液架上的药瓶，语气坚定。

第二天，崔蕴果然出现在调度室，左手还不太灵便，就用右手攥着笔改方案。同事们围着他要说法，他扬着下巴笑：“就像火箭管路堵了个小沙粒，通开就完了。”那时他还不知道，命运给这具躯体埋下的，是枚随时可能引爆的定时炸弹。

在调度室坐了几个月，崔蕴的目光总不由自主地飘向窗外——总装车间的吊车正在吊起一枚整流罩，银灰色的壳体在阳光下泛着冷光。他摸出抽屉里的总装工艺手册，指尖抚过“舱段对接公差≤ 0.5mm”的字样，喉结忍不住上下滚动。

那天晚上，崔蕴在小区花园里走了 3 个小时。月光把他的影子投在石板路上，时而被树影切碎，时而又拼凑成形。张晔隔着阳台玻璃看着那个倔强的身影，知道他又在跟自己较劲了——当年为了搞懂氢氧发动机的密封技术，他在车间连续盯了几十个小时，眼睛熬得像充血的车灯，谁说都不回去。

“健身计划”是在饭桌上宣布的。崔蕴扒拉着碗里的米饭，头也不抬地说：“从明天起，我每天走 4 个小时。”

张晔手里的筷子停在半空：“你疯了？医生说要循序渐进。”

崔蕴放下碗筷，眼神亮得惊人：“我这身体，就是个

崔蕴年轻时的照片

待攻克的技术难关。”

从此，下班后的四小时暴走成了雷打不动的功课。有次走到半路下起暴雨，他躲在公交站台下，看着雨水在地面汇成小溪。

“老崔这是魔怔了。”张晔跟闺蜜打电话时吐槽，“昨天回来，脚底都磨出泡了，今儿还照样出去。”

周末的“环城战役”更让人揪心。第一次走二环路，崔蕴早上6点出发，沿着辅路一步步丈量。走到西直门桥时，左腿突然抽痛，他靠在桥墩上揉着膝盖，看着桥下来来往往的车，突然觉得自己像枚脱离轨道的卫星。

“放弃吧？”心里有个声音在说。他摸出手机想给张晔打电话，却在拨号界面停住了——相册里有张去年在总装车间的照片，他站在火箭旁边比着大拇指，笑得满脸褶子。

“还没到放弃的时候。”他对着桥墩喃喃自语，把手机塞回兜里，拖着腿继续往前走。

最长的那次四环暴走，张晔是在晚上10点接到电话的。崔蕴的声音混着风声传来：“还有三公里……走完就是16小时……”背景音里有自行车的铃铛声，还有他粗重的喘息。张晔对着电话喊“你赶紧停下来”，听筒里却只剩下忙音。

出事那天是个阴天。张晔正在厨房忙活，电话就响了，铃声尖锐得像警报。

“老婆……”崔蕴的声音从听筒里钻出来，带着奇怪的颤音，“来……四环辅路……接我……”

“你怎么了？在哪段辅路？”张晔的心猛地提到嗓子眼。

“不知道……呕……”呕吐声刺得张晔耳朵疼，接着是东西坠地的闷响，然后电话就断了。

张晔抓起钥匙就往外冲，楼道里的声控灯被脚步声震得忽明忽暗，她的脑子里全是医生当初说的话：“过度运动可能引发二次栓塞，风险极大。”

沿着四环辅路找了整整40分钟，才在一个公交站台后面看见崔缊。他蜷缩在广告牌下，脸色白得像宣纸，左手紧紧攥着胸口的衣服。“老崔！”张晔扑过去想扶他，被他用尽力气推开：“别动……头……头要炸了……”

急诊室的灯光惨白刺眼。医生拿着CT片子叹气：“又是脑血栓，这次比上次严重。你们家属怎么回事？让他适度锻炼，不是让他去玩命！”

崔蕴醒过来时，看见张晔趴在床边，头发乱糟糟的。

他想抬手摸摸她的头发，手腕却软得像面条。“醒了？”张晔猛地抬起头，“你还知道醒啊？我还以为你要把这身骨头埋在马路上！”

“哭什么……”他扯出个笑容，“科学攻关嘛……总得付出点代价……”

“攻什么关！你这是在自杀！”张晔的声音陡然拔高，又突然降下去，带着哭腔，“我跟你说，崔蕴，你要是就这么走了，我……我一辈子都不会原谅你！”

这次在医院住了整整半个月。出院那天，张晔给他买了副枣红色的拐杖，橡胶头触地时发出笃笃的声响。崔蕴拄着拐杖站在医院门口，望着来往的行人突然笑出声：“以前看小区里那个老陈走路歪歪扭扭，我还琢磨这人怎么总走‘S’形，现在才明白，他不是不想走直，是腿不听使唤啊！”

他这话没说完，迎面过来个骑自行车的小伙子，铃声丁零零响得急促。崔蕴想往路边躲，身体却固执地向左倾，吓得小伙子猛地捏闸，自行车在他面前半米处打滑，差点摔进花坛。“对不住，对不住！”小伙子连声道歉，崔蕴却愣在原地，直到拐杖的橡胶头在人行道上硌出个浅坑，才喃喃道：“原来他们见我就躲，是怕这个啊。”

“瞧见没？”崔蕴回头对张晔苦笑，“以前我走得快，别人怕撞着我；现在我走得慢，别人更怕撞着我。”

康复训练比暴走更磨人。崔蕴趴在床上，用右手拽着左腿做屈伸，每动一下，神经就像被钳子夹住似的疼。

汗水顺着崔蕴的下巴滴在床垫上，洇出小小的深色圆

崔蕴在八达岭长城上留影

点。“不行了……”他喘着粗气想放弃，眼角的余光却瞥见墙上的日历——距离下一枚火箭总装只剩三个月。

“再来！”崔蕴猛地加力，左腿突然挣脱了麻木感，“啪”地砸在床垫上。康复师愣了愣，随即笑了：“成了！肌肉记忆找回来了！”

康复结束，崔蕴又回到总装车间。年轻的技师们看见他，都停下手里的活儿打招呼：“崔师傅，您来啦！”

他点点头，目光扫过那些熟悉的工装夹具。

“王主任在吗？”他问旁边的调度员。

进办公室时，王主任正在改流程表。看见崔蕴进来，赶紧站起来：“老崔？你怎么来了？”

“我想回来。”崔蕴把拐杖往门边一靠，挺直了腰板，“总装车间，我想回来。”

王主任愣了愣，叹了口气：“老崔，你的情况……领导们都商量过了，调度岗更适合你。”

“我知道我的情况。医生说我可以从事轻度体力劳动。总装的活儿，我闭着眼睛都能做，不用费多大劲儿。”

“这不是费劲不费劲的事。”王主任把流程表往桌上一放，“万一在车间出点意外，谁负得起责任？”

“我自己负责！”崔蕴的声音陡然提高，“我崔蕴干了一辈子火箭，这点把握还是有的。要是出了事，我绝不找厂里麻烦！”

最终还是医生的话起了作用。康复医生看着 CT 片说：“只要控制好运动量，避免剧烈活动，重返工作岗位是可行的。而且……病人的精神状态对康复很重要。”

张晔听见这话，悄悄地别过脸擦了擦眼睛。她知道，这场“战役”，崔蕴又赢了。

第十章 转战天津

2013 年的春风刚吹绿永定河畔的柳枝，天津滨海新区的滩涂上已立起一排排银灰色厂房。巨大的钢结构厂房像蛰伏的钢铁巨兽，玻璃幕墙上还沾着未拭去的泥点，远处塔吊的轰鸣声里藏着中国航天崭新的野心——长征五号、长征七号这两款被寄予厚望的新一代运载火箭，要在这里完成从图纸到实体的蜕变。

天津航天长征火箭制造有限公司的办公楼里，总经理陶钢对着窗外的施工围挡重重叹了口气。桌上摊着的总装进度表被红笔圈出好几个节点，每个日期旁都标注着“急”字。全新的厂房需要磨合，刚组建的队伍还带着生涩，最棘手的是，这两款火箭采用的无毒无污染推进剂技术，从总装工艺到测试流程都是国内首创。

“必须得找个能镇住场子的人。”陶钢指尖敲着桌面，目光落在玻璃板下压着的一张老照片上。照片里穿蓝色工装的男人正蹲在火箭箭体旁，手里捏着游标卡尺，眉头拧成个“川”字——那是崔蕴，在航天一院总装车间待了30年的“老火箭”。

陶钢拨通内线时，崔蕴正在北京的老厂区给年轻工人示范电缆绑扎。他左手扶着箭体舱段，右手捏着浸过蜡的尼龙绳，指尖翻飞间，一束束电缆就像列队的士兵般整齐归位。50多岁的人了，蹲在两米多高的工作平台上，脊背依然挺得笔直，只是起身时扶着膝盖的动作，藏不住岁月和病痛留下的痕迹。

“师父，陶总找您。”徒弟看着他疲惫的样子，眼神里带着担忧。他知道师父几年前得过脑血栓，医生嘱咐过不能太累。

“知道了。”崔蕴声音略带沙哑，走向办公楼的脚步虽然不快，却很稳当。

陶钢的办公室里飘着浓茶味。“老崔，坐。”陶钢把一杯刚沏好的茶推过去，茶叶在热水里舒展翻滚，“天津那边的情况，你也听说了吧？”

崔蕴端起茶杯没喝，指尖在杯壁上轻轻摩挲：“长征五号的贮箱焊接，是不是遇到点麻烦？”

“何止麻烦。”陶钢翻开总装手册，指着其中一页，“新型铝合金材料太娇贵，焊接时温度差超过 5 摄氏度就会变形。还有箭体合缝，精度要求 0.2 毫米，比头发丝还细。”他抬眼看向崔蕴，“总装车间缺个主心骨，我想来想去，只有你最合适。”

崔蕴握着茶杯的手顿了顿，杯沿的热气模糊了他的眉眼。“陶总，您知道我的情况。”他掀开左袖口，手腕内侧还能看到针灸留下的浅褐色针痕，“两次脑血栓，左边胳膊还不利索，去了也是添乱。”

“我看过你的体检报告。”陶钢从抽屉里拿出一沓化验单，“血压控制得不错，血脂也降下来了。”他把化验单推过去，语气诚恳，“老崔，你在总装线上摸爬滚打的时候，现在天津那帮年轻人还没毕业呢。这两款火箭的总装工艺，从方案论证到模样阶段，你都全程参与了，没人比你更清楚其中的门道。”

崔蕴沉默着，目光落在窗外的白杨树上。春风拂过，树叶哗哗作响，像极了火箭试车时的尾音。他想起新闻上报道过，说长征五号已经进入初样研制阶段。那时他就想，要是能亲眼看看这款“大火箭”的真容，这辈子再不遗憾了。

“你看这个智能对接平台，德国进口的，定位精度能到 0.05 毫米。”陶钢打开视频给他看里面闪着银光的机械臂，“但机器再精密，也得靠人来操作。老崔，我跟你交个底。”陶钢关掉视频，语气严肃起来，“长征五号已经从

天津港码头

初样转试样了。到了试样阶段，每一颗螺丝钉都得经得起试车的考验。下个月，芯一级箭体就要进场，这可是真刀真枪的活儿。”

崔蕴听见“试样阶段”四个字，心脏猛地一跳——这可不是纸上谈兵，是要动真格的了！这辈子能亲手摸到新型火箭的机会，简直比中头彩还稀罕，自己竟能撞上这等好事？他忍不住在心里念叨，许是自己对火箭总装那股子掏心掏肺的热爱，又一次焐热了老天爷，才让机会像个调皮的孩子，冷不丁就蹦到了眼前。崔蕴感觉一股热流顺着脊梁骨往上涌，他攥紧拳头暗下决心：“这机会要是溜了，我得后悔一辈子！就算豁出这身老骨头，也得顶上！”

可低头瞅了瞅自己这不算硬朗的身子骨，崔蕴又犯了愁。家里还有位“把关人”，这事要是让她知道了，准得把眉头拧成个疙瘩，想过这关，怕是比登天还难。

正犯嘀咕呢，总经理陶钢那边已有了动静。这位老总可是个明白人，不仅摸透了崔蕴那点“火箭瘾”，更清楚张晔的脾性——毕竟，他当年还管过张晔。想当年在老厂区，陶钢是质量处的“当家人”，张晔在总装车间检验组拿着扳手测数据。这会儿，陶钢揣着主意直奔张晔而去，打算来个“曲线救国”，先把家里这位“把关人”的工作做通了再说。

三天后，崔蕴揣着调令回家时，张晔正在厨房熬中药。砂锅里咕嘟咕嘟冒着泡，苦涩的药味弥漫了满屋子。他换鞋的动作放得很轻，但还是被妻子听出了动静。

“回来啦？”张晔端着药碗从厨房里出来，围裙上沾着褐色的药渍，“今天血压量了吗？”

“量了，130/80，挺好。”崔蕴接过药碗一饮而尽，苦味从舌尖直窜到胃里，“我跟你说个事。”

张晔擦着手没说话。结婚那么多年，她太了解丈夫这副欲言又止的模样——准是跟工作有关。

“天津那边，我决定去了。”

厨房里的抽油烟机还在嗡嗡转着，张晔背对着他收拾灶台，半晌才说：“我去给你收拾行李。”

崔蕴愣住了。他走过去想帮着叠衣服，被张晔一把推开：“别动，你那手笨得跟脚似的。”

张晔把衣服叠好放进行李箱，眼眶红了：“年轻时拼也就罢了，现在都五十多了，还这么不要命。”她从抽屉里拿出个药盒，里面分门别类放着降压药、阿司匹林，“每天三顿，顿顿不能落。”

那天夜里，崔蕴翻来覆去睡不着。身旁的妻子呼吸很轻，他知道她也醒着。月光透过窗帘缝照进来，落在床头柜上的合影里——那是去年在医院拍的，他刚能下床走路，张晔扶着他在走廊练习，两人笑得比哭还难看。

“其实我知道拦不住你。”张晔忽然开口，声音带着浓重的睡意，“你跟火箭过日子的时间，比跟我都长。”

去天津的前一天，崔蕴特意回了趟老房子。母亲的遗像

员工在火箭发射基地进行火箭装配工作

摆在客厅正中，黑框里的老人笑得慈眉善目。他给母亲的香炉添了三炷香，烟雾袅袅中，仿佛又听见母亲喊他“小蕴”。

母亲因病卧床五年，崔蕴每天下班再晚，都要回老房子陪她说话。有时讲车间里的趣事，说哪个年轻人把扳手掉进了箭体舱段，一群人找了半夜；有时就坐在床边沉默地削苹果，母亲的手搭在他手背上，虽然枯瘦，却总能给他力量。

“妈，我要去天津了。”崔蕴用袖子擦了擦相框上的灰，“您放心，我会照顾好自己。”

香炉里的香燃到了底，留下三截灰白的香灰。

第二天清晨 5 点，天刚蒙蒙亮。张晔已经把早饭做好了，小米粥、煮鸡蛋，还有他爱吃的酱菜。崔蕴吃得很慢，眼睛却不停地瞟墙上的挂钟。

“赶趟呢，7 点的高铁。”张晔把行李箱推到门口，“身份证、车票都在你上衣内兜。”

楼道里的声控灯随着他的脚步亮了又灭。崔蕴拖着行李箱走到楼下，回头望了眼自家阳台，窗帘拉得严严实实，却能看到窗帘后晃动的影子。他抬手挥了挥，转身走进了晨雾里。

第十一章 一年在家不足“十天”

“老骥伏枥，志在千里”，这句镌刻在中华民族精神基因里的箴言，在年过天命的崔蕴身上得到了最生动的诠释。

当多数人开始规划退休生活时，他毅然告别北京的舒适区，奔赴天津滨海新区的一片热土，以天津航天长征火箭制造有限公司总装车间副主任、火箭装配工的双重身份，开启了人生中又一段充满挑战的征程。在这里，他既要为火箭总装的每一个节点负责，又要亲手锻造一支能担起国家航天重任的总装队伍。这位与火箭打了半辈子交道的“老兵”，再次身先士卒冲在一线，从无到有，从小到大，在一片空白之上开创着我国新一代运载火箭总装总测工作的全新天地。

带起一支团队，干成一项事业，离不开识才、用才、容才的土壤。人们常说千里马日行千里，却鲜少提及，若没有伯乐的慧眼，千里马或许永远只能困于槽枥之间。在天津火箭公司，总经理陶钢便是这样一位洞悉人心的伯乐。他深知崔蕴的才干与热忱，将这位经验丰富的“老航天”从北京请到天津，更给予他一份毫无保留的信任。“只要你是为了产品，为了咱们天津火箭公司好，为了新一代火箭好，我都支持！”这句掷地有声的承诺，像一颗定心丸，让初来乍到的崔蕴彻底放下了顾虑。

彼时的天津火箭基地，是一片等待开垦的试验田。崔蕴的“副主任”头衔，更像是一份沉甸甸的托付：让他能名正言顺地管理车间、统筹生产，让他在型号管理、工艺技术等大小事务上拥有最终决策权。于是，他既是运筹帷幄的“主任”，又是亲力亲为的“工人”，在双重角色间找到了属于创业者的独特节奏。

创业维艰，从来不是一句空话。未知的挑战、接踵的

崔蕴为新入职员工讲解火箭构造

困难，如同荒野中的荆棘，时刻考验着创业者的决心、毅力与智慧。尽管崔蕴已总装过近百枚火箭，积累了数十年的经验，但面对新一代火箭，他依然要从头学起、从头做起。

厂房该如何布局改造？新增设备的参数标准是什么？卫星接收天线在厂房顶部的最佳角度是多少？每个班组需要多少人手？培训方案该如何制订？组装流程与总装方法要怎样优化？甚至细化到工人拿扳手的姿势、拧螺丝的顺序。测试设备的频段干扰如何规避？火箭运抵发射场后的工作流程与时间节点……千头万绪的问题扑面而来，每一个都需要理论支撑与实践验证，每一个都需要崔蕴牵头拿出实实在在的工艺文件、操作细则和具体数据。

没有现成的答案，就自己摸索答案；没有成熟的标准，就亲手制订标准。在崔蕴的带领下，团队成员像拓荒者般在空白的土地上深耕：从厂房的第一笔布局规划，到设备的第一次调试运行；从第一张工艺流程图的绘制，到第一份操作手册的定稿；从第一个班组的组建，到第一堂培训课的开展……所有看似不可能的任务，都在他的辛苦努力和严格监督下，一个细节一个细节地落到实处，一个环节一个环节地变成现实。

在火箭总装车间，有一条铁律：细节决定成败。

为了杜绝多余杂物，崔蕴制订了近乎严苛的管理规范：导管安装前必须吹除杂质，仪器电缆要仔细清洁插头，工人进入火箭贮箱操作要采用表格化管理，精确记录每一个动作和时间节点。车间里的每一件工具——钳子、剪刀、螺丝刀，都有固定的摆放位置，这便是严格的“行迹管理”。收工时，工人只需一眼就能清点工具数量，确保没有任何物品遗落在火箭体内。

因为这背后藏着航天史上的惨痛教训：曾有位老师傅领了新鞋，随手把鞋带塞在袖筒里。干活时鞋带不慎掉进输送管，直到这枚火箭因其他原因取消发射，分解检查时才被发现。从此，库房发鞋前都会特意抽走鞋带。

一次，看到有位年轻女孩涂着口红，崔蕴没有严厉批评，只是提醒：“车间里可不能爱美。你干活时万一嘴唇碰到什么，口红和推进剂相融了怎么办？有些东西碰在一起就会燃烧——你看那些生锈的螺钉、螺帽，氧化铁遇上强氧化剂就可能起火，所以舱内绝不能有锈迹。爱美的心，得留到 8 小时工作之外呀。”

从那以后，车间里再也没人敢携带任何无关物品。这种对细节的极致追求，渗透在总装过程的每一个环节，成为团队成员刻在骨子里的职业素养。

新一代火箭的总装总测之路，从来不是一马平川。由于缺乏现成的参照，各种各样的问题和挑战接踵而至，有失败的苦涩，也有走弯路的迷茫。而此时，领导的理解、包容与支持，便成了团队前行的底气。

在火箭架车的改造中，崔蕴遇到了一个棘手的难题。过去几十年，他一直使用梯形螺纹丝杠控制架车的旋转、升降和横移。到了天津后，他尝试将大量横移和旋转螺纹丝杠换成滚轴丝杠，这样操作时更省力，能大大地提高劳动效率。但实践中他发现，横移方向可以更换，旋转方向却不行——新一代火箭直径达到 5 米，箭体沉重，重心变化可能导致自动旋转，一旦出现偏心，影响远比过去直径小的火箭严重。最终，他不得不将旋转方向的滚轴丝杠换回梯形螺纹丝杠，利用其较大的摩擦力限制转动。

“改回来又得花钱。”崔蕴为此懊恼了好几天。陶钢总经理得知后，却笑着安慰他：“咱们是在摸索中前进，该交的学费还是得交。”这份包容让崔蕴卸下了思想包袱，也让团队敢于在创新的道路上大胆尝试。

正是这种试错前行的勇气，推动着技术突破不断涌现。崔蕴带领年轻的总装测试团队，先后设计制造各类工装

30 多台（套），创造性地应用自动化对接等先进技术，实现了航天领域大部段对接装配由“手动模式”向“自动模式”的转变，开创了自动化对接的先河。当第一台自动化对接设备成功完成火箭舱段对接时，车间里响起了经久不息的掌声——那是属于航天人最动人的庆祝。

新一代火箭的装配，不仅是技术的革新，更是对人才的全新考验。过去的火箭装配图都是平面的，工人对着左视图、右视图、俯视图讨论工序；而新一代火箭则全面采用三维图，这对工人的技能水平提出了更高的要求。过去，初中文化就能胜任的工作，现在起步就得是大专学历，不少岗位还需要本科文凭——如果连计算机三维图都看不懂，根本无法胜任装配工作。

“如果停留在原来的水平止步不前，只能被淘汰。”崔蕴常常这样告诫团队里的年轻人。他知道，在改革和创新面前没有捷径可走，唯有不断学习才能跟上时代的步伐。于是，他既当技术带头人，又当培训导师，把自己几十年的经验毫无保留地传授给年轻一代。

车间里的年轻人，大多是刚走出校园的“孩子”，毫无火箭装配经验。崔蕴带着他们边学习培训，边实践锻炼：从三维图纸的解读，到装配工具的使用；从基础工

崔蕴在火箭发射基地为员工讲解装配细节

艺的掌握，到应急问题的处理。他会拿着扳手示范最标准的姿势，会蹲在地上讲解螺丝的拧紧顺序，会在测试设备前分析频段干扰的原理。有一次，为了让年轻人理解“半波干扰”的概念，他用了三个晚上准备课件，结合实例讲解，直到每个人都点头明白为止。

从 2014 年到 2019 年，崔蕴与妻子张晔一直过着两地分居的生活。每周一次的电话，常常是这样匆匆结束：“最近身体怎么样？降压药还够不……”“身体还行……先不说了，我这有单位的电话打进来，挂了……”这样的情况发生过无数次，张晔却从未抱怨过。她知道，从丈夫接下新一代运载火箭总装重任的那一刻起，他的时间就不再属于自己，而是属于那枚即将冲天而起的火箭，属于国家的航天事业。

张晔清楚地记得，自从长征五号、长征七号两型火箭进入首飞倒计时，与脑血栓抗争多年的崔蕴，便开始在北京、天津、海南三地之间来回奔波。有时，他会借着到北京中国运载火箭技术研究院开会的机会，顺道回家看一看。每次丈夫回家，张晔都会用笔在日历上做个记号——那是她对团聚最珍贵的记录。2014 年到 2019 年，崔蕴创下了一年在北京家中停留不足 10 天的“纪录”。

但只要在家，崔蕴总会尽可能多做些家务：帮着拿东西、整理房间，凡是重活累活都不让张晔沾手。他知道妻子胳膊不好，拿不了重物，所以每次一起出门，无论大包小包，他都会一手包揽，张晔也渐渐习惯了这种被呵护的感觉。除了“火箭总装特级技师”这个身份，崔蕴在妻子眼里还是位“高级修理工”——家里的电器坏了，水管堵了，只要他出手，总能“药到病除”。

张晔从不奢求丈夫的甜言蜜语。在她看来，崔蕴不是一个情商高的人，他不会主动问“你累不累”，也不会说一些哄人开心的话，但他的爱都藏在默默的行动里：是出差时记得带回来的当地特产，是天冷时悄悄给她掖好的被角，是看到她皱眉时默默修好的旧物。

崔蕴曾许诺，退休后要带张晔去游览祖国的大好河山。张晔笑着答应了，心里却明白：即使有一天老得干不动了，丈夫的心也永远会和火箭在一起。那枚承载着民族梦想的“大家伙”，早已成了他生命中不可分割的一部分。

有人曾问：如果没有崔蕴，新一代火箭能不能总装总测出来？答案是肯定的。总装这碗饭，从来不是离了谁就做不出来。但不可否认的是，有了崔蕴，这条路走得更顺了些，时间更短了些，少走的弯路、避开的坑，都源于他几十年积累的经验和对风险的提前预判。

这或许就是老一辈航天人最珍贵的品质：他们不追求个人的功成名就，只在乎事业能否更快更好地完成。崔蕴用自己的行动诠释着“功成不必在我，功成必定有我”的担当，也为新时代的航天精神写下了生动的注脚。

第十二章 用生命造火箭的『年轻老头儿』

天津滨海新区的晨光，总是先照亮天津航天长征火箭制造有限公司总装车间的白钢屋顶。在这片常年飘荡着金属气息的厂房里，有一个身影比晨光更先抵达——崔蕴。这个年过五旬的男人，有着两鬓微霜的头发和孩童般炽热的眼眸，同事们私下里都叫他用生命造火箭的“年轻老头儿”。

“年轻”是因为他身上那股永不知倦的劲儿。只要谈及火箭总装的任何细节，他的语速会陡然加快，手势变得急促，仿佛眼前正矗立着一枚待飞的箭体。而“老头儿”的称谓，既源于他近40年的航天工龄，更因为在新一代运载火箭总装领域，他是当之无愧的奠基人。那些如今巍然屹立在发射塔架上的“大家伙”，都曾在他的双手抚摸下，从一堆零件蜕变为完整的航天器。

2010年初，天津火箭公司总装车间初建时，整个团队都笼罩在焦虑之中。崭新的厂房像个空荡的钢铁盒子，设备的包装还没拆完，招来的年轻人大多刚走出校园，面对国家级的火箭总装任务，每个人的手心都攥着汗。直到公司宣布崔蕴将担任生产主任的消息传来，车间里紧绷的空气才稍稍松弛。

“崔师傅要来？就是那个全国技术能手崔蕴？”装配工们在休息时交头接耳。他们早听过这位传奇工匠的故事——从一名普通装配工起步，30岁成为火箭总装骨干，42岁评上特级技师，在运载型号的总装线上都留下过足迹，甚至还做过工艺和调度。这样的履历，在航天系统里堪称“全满贯”。

但年轻人很快发现，这位“大师”并非传说中那般慈眉善目。崔蕴的急脾气在车间是出了名的。一次，有个学徒在安装导管时少拧了半圈螺丝，被他当场撞见。“你知道这半圈意味着什么吗？”他的声音在空旷的厂房里回荡，“燃料泄漏！箭体爆炸！明白吗？”那名学徒被训得眼圈发红，后来才知道，崔蕴年轻时曾亲眼见过因微小失误导致的试验事故。

“干火箭，交不起学费。”这是崔蕴常挂在嘴边的话。他会把自己经历过的险情当作案例，在班前会上反复念叨：“新一代火箭的设计余量比老型号小得多，稍有闪失就是万劫不复。总装线上没有小事，一颗螺丝就是一道生死线。”有时发过火冷静下来，他会悄悄找到被训的员工：“刚才话说重了，别往心里去。”但紧接着总会补上一句，“下次再犯，我还这么骂。”

时间久了，大家渐渐读懂了他的脾气。那些看似不近人情的苛责，实则是用几十年经验筑起的防线。就像老木匠对待卯榫结构的虔诚，崔蕴把每个装配环节都视作不容亵渎的仪式。

2011 年 9 月，王津刚到车间实习时，就被师傅们告诫：“跟着崔主任干活，得有铁打的身子骨。”这位刚从职业院校毕业的年轻人，在 7 车间装配二组的第一天就听说了崔蕴 42 岁评上特级技师的传奇。“他当过三个组的组长，干过运载型号，连工艺和调度都做过。”师傅们的语气里满是敬畏，“这可是真‘大牛’，能跟着他学东西，是你的福气。”

王津真正见识到“大牛”的拼命，是在长征七号一级动力试车总装的攻坚阶段。当时崔蕴作为现场负责人，连续半个月没回过家。白天，他穿着白色工装在箭体周围穿梭，协调各班组进度；晚上，就在临时办公室的行军床上眯两个小时，凌晨又出现在装配现场。

那天下午，天津的“秋老虎”正烈，王津注意到崔蕴的脸色红得异常。“崔师傅，您去歇歇吧，血压肯定上来了。”几个老员工围上去劝说。崔蕴摆摆手，声音有些发颤：“发动机对接到关键时候，我走了谁盯着？”有人硬要塞给他降压药，他突然提高了嗓门，“谁再说就按消极怠工处理！”

大家只好散开继续干活，只是手上的动作都加快了几分。当发动机终于完美对接到位时，众人松了口气回头看，发现崔蕴正扶着墙慢慢往外挪，双腿像灌了铅似的沉重。可到了晚上，当王津和同事们在安装推进剂管路时，那个熟悉的身影又出现在车间门口——他只去医院开了药，就立刻折返回来。

“不是不知道累。”后来崔蕴在班后会上解释，“长征五号和长征七号的任务赶在一起，进度表是按小时排的。我多盯一小时，大家心里就多一分底。”那段时间，50 多岁的他常常和 20 多岁的年轻人一起干到凌晨两三点。有次凌晨 4 点，王津起夜时发现车间还亮着灯，透过窗户一看，崔蕴正拿着手电筒，趴在箭体底部检查电缆插头。

更让王津难忘的是长征五号管路气密试验那次。为了确保检测精度，车间决定用氮气进行试验。这种无色无味的气体一旦浓度过高，会让人缺氧窒息。试验要经过皂泡涂抹、酒精清理、分级增压等十几个步骤，光准备工作就要耗去大半天。崔蕴从第一天早上 8 点就守在现场，中间只啃了两个馒头，直到第二天傍晚试验合格的报告出来，他才在车间的长椅上蜷着睡了过去。那 36 个小时里，他的白工装上沾满了氮气冷凝形成的白霜，看上去像落了一层雪。

“他心里装着火箭，就忘了自己还有个身子。”王津后来在技能总结会上这样写道，“崔师傅不是在干活，是在拼命。”

骆鑫生至今记得自己眼睛里进铝屑的那天。2012 年初春，长七助推器动力试车进入关键阶段，他负责给增压气瓶排水孔钻孔。高速旋转的钻头崩起一片铝屑，其中一粒像长了眼睛似的飞进他的右眼。

当时疼得直冒冷汗，骆鑫生捂着眼睛蹲在地上时，听到背后一声大喊。“傻愣着干吗？走！”崔蕴的声音带着不容置疑的果断，拉着他就往停车场跑。

那是骆鑫生第一次坐崔蕴的车，车里副驾储物格里塞满了降压药和速效救心丸。“别担心，我年轻时在箭体里作业，焊条渣进过眼睛。”崔蕴一边开车一边安慰，语气里少了平时的严厉，“医院有专门洗眼睛的设备，一会儿就好。”

从医院冲洗回来后，崔蕴又陪着骆鑫生去复查了三次。每次去医院的路上，他都会讲些总装线上的趣闻，比如某个老伙计把扳手掉进箭体贮箱，最后用磁铁在几千米长的电缆缝隙里找了三天。后来，这事成了他调侃骆鑫生的由头，经常对他说，大眼不聚光，把护目镜戴好，别又进东西。

在培养新人方面，崔蕴有着近乎固执的坚持。骆鑫生刚入职时，每天下班前都要写工作笔记，详细记录当天装配的步骤、遇到的问题和解决的方法。崔蕴会把所有人的笔记收上去，戴着老花镜逐字看，连标点符号错了都要标出来。骆鑫生至今还保留着那些被红笔涂改过的笔记。

骆鑫生（右一）为员工介绍火箭装配要点

骆鑫生正在进行火箭装配工作

崔蕴的教学方法很特别。他不满足于让徒弟们只懂装配流程，还逼着大家学原理。“冰箱和洗衣机不一样吧？但电机原理是不是相通的？”他在车间角落的工具柜前比画着，“火箭的伺服机构和家里的空调摆风电机，核心都是伺服电机，只不过精度要求差了一万倍。”

这些跨界的比喻，起初让年轻人一头雾水，直到有一次调试火箭姿态控制系统时，骆鑫生突然明白：崔蕴是在教他们透过现象看本质。基本原理不会变，掌握了核心，遇到新问题就不怕了。

在徒弟眼中，工作之外的崔蕴，可是个十足的“老顽童”。在海南发射场执行任务时，他的安全带兜里总藏着个橡胶假蛇。“小骆，把我安全带拿过来。”当骆鑫生递过安全带时，那条“蛇”就会突然从兜里窜出来，吓得他直跳脚。

后来大家渐渐明白，这位“老顽童”的搞怪里藏着深意。靶场任务往往持续数月，精神长期高度紧张，崔蕴的突然一吓，反倒成了缓解压力的良药。就像高压锅放气，那一下惊吓过后，紧绷的神经就松了。

可只要话题一回到工作，崔蕴会瞬间切换状态。有一次在靶场食堂吃饭，大家正聊得热闹，他突然问：“长五的助推器分离插头有几个触点？”一桌人顿时安静下来，答不上来的人立刻被他劈头盖脸一顿训，“干了三年了，连这个都记不住？分离时差一个触点接触不良，整个任务就废了！”

“他就像有分裂人格。”骆鑫生认真地说，“但这不是坏话。”他见过崔蕴在宿舍里看小外孙视频时的模样——那种眼角眉梢都堆着笑的温柔，在车间里从来见不到。“那是两种极端，一边是对火箭的偏执，一边是对生活的热爱。”

有一次在评审会上，崔蕴发现设计图纸上某个管路接口的公差标注有问题，当场就和设计部门的负责人争执起来。“这会导致装配应力过大，飞行时可能断裂！”他把图纸拍在桌上，声音因激动而发颤，“你们要是不改，这火箭我不装！”最后，设计方重新核算后，采纳了他的意见。

“甭管你是谁，不为火箭负责，我就敢骂。”这是崔蕴的原则。他骂过粗心的学徒，也怼过领导，每次都是据理力争，直到问题解决才罢休。

这种执拗背后，是对航天事业最深沉的敬畏。崔蕴常对年轻人说：“一发火箭飞上太空只要几百秒，但从设计到总装要花几年甚至十几年。我们手上的每一个动作，都得对得起这几千个日夜。”他要求车间里的每个人都把

“零缺陷”三个字刻在心里，小到一颗螺丝的拧紧力矩，大到箭体各段的对接精度，都要精确到毫米甚至微米级。

“崔师傅教会我们的，不只是怎么装火箭，更是怎么对火箭负责。”王津在总装车间的荣誉墙上，看着崔蕴那张穿着白色工装的照片说。照片里的崔蕴站在长征五号的箭体旁，笑容里带着一丝疲惫，眼神却亮得像天上的星。

第十三章 千人万人一杆枪

对于初入车间的新人而言，想要真正做好火箭总装工作，绝非一朝一夕之功。崔蕴深知其中的艰难与漫长，在他看来，快则需要5年以上，慢的话可能需要七八年，甚至十来年。他常感慨，三五年的时间仅能让人了解一部分工作内容，而能够全面掌握全箭状态的人，实在是凤毛麟角。这并非工作本身有多晦涩难懂，而是火箭总装工作涉及的知识面极广、技术要求极高，每一个环节、每一个细节都关乎着火箭发射的成败，容不得半点马虎。

领导交付给崔蕴的任务，不仅是要出色地完成火箭总装工作，更重要的是要培养出像他一样优秀的人才。这既是信任，也是重托。在崔蕴眼中，多年来技术与技能之间似乎被人为地画上了一道分界线，然而，真正深入实践过的人都明白，这实则是一种误解。在复杂技能的实际操作过程中，大脑需要时刻保持高度的思考，这种脑力劳动丝毫不亚于任何理论研究工作。只有深刻认识到这一点，才能真正理解人的心智，进而培养出兼具技术与技能的高素质人才。

崔蕴心中有着明确的目标："我就是要培养这样的人才，让我们车间所有'孩子们'都能满足新一代火箭的装配操作需求。"他对"只有你能干，别人干就要出事"这句话深恶痛绝。在他看来，火箭装配过程中出现问题是再正常不过的事情，但关键在于如何面对和解决这些问题。每当问题出现，崔蕴总会第一时间深入探究原因：工人是否严格按照要求操作？工作流程、操作方法和操作程序是否存在漏洞？换作其他人按照同样的方法操作，是否也会出现类似问题？

他常说："如果张三操作出问题了，李四操作也出了问题，这个责任就不完全是张三的，我肯定也有责任，也就是说我的要求和方法里还存在一些小概率的不足，那我就得想办法把这个不足再挖掘出来，最后保证只要按照我这个要求操作，谁干都一样，谁干都是一个结果、一个精度。这就是我的目标。原因很简单，火箭是按强度设计的，它的余量比较小，不允许犯错。”

为了让大家更直观地理解火箭总装工作对精度的严苛要求，崔蕴耐心地打了个比方：一辆普通的家用汽车，一般每个轱辘配有 5 个螺钉，即便其中一个螺钉稍松，只要

崔蕴为员工讲解装配要点

其他几个拧紧，正常行驶时轱辘通常不会掉落。但火箭截然不同，在火箭上，哪怕只有一个地方没有拧紧，或者达不到规定要求，都有可能导致极其严重的后果，甚至可能让整个发射任务功亏一篑。所以，崔蕴对每一位操作人员的要求都极为明确：无论谁来操作，都必须将不可靠系数降到最低点。

数控机床由电脑控制，只要电脑运行正常，加工出来的尺寸就误差极小，基本一致。然而，火箭装配依靠的是手工操作，人与人之间存在差异，涉及的因素众多，因此干出来的活儿难免会有偏差。就像同样使用瑞士手表的零部件，上海某手表厂工人组装出来的手表，与瑞士工匠组装的正品相比，精度上总会存在差距。“择一业，精一事”，这便是工匠精神的体现。瑞士工匠不仅熟知瑞士手表的整个原理，更明白每一道工序都需要精心打磨、细心雕琢，所以才能追求到极致的精度。这种工匠精神，正是崔蕴希望在车间里培养和传承的。

新一代火箭的装配要求更为严格，特别注重“公差尺寸链”这一概念。所谓公差尺寸链，简单来说，就是零件尺寸允许的最大值和最小值之间的差距，也就是允许的误差范围。例如，在装配一个齿轮箱时，每个零件都有一定的误差，这些误差相互叠加就形成了一个“尺寸链”。经验丰富的老师傅能够巧妙地控制这些误差，从而确保装配出来的产品能够正常使用。但如果操作人员缺乏经验或对这方面的知识了解不足，即便拿到的零件尺寸都在允许范围内，装配出来的产品仍可能出现问题。

设计图纸上标注的尺寸是理论值，而在实际生产中，每个零件都会存在一定的误差范围，即“公差带”，包括正差和负差。关键在于如何合理搭配这些误差。比如，当一个零件的尺寸偏大（正差）时，与之配合的另一个零件就应该偏小（负差），这样两者的误差能够相互抵消，装配后的间隙就能恰到好处。反之，如果不注意这一点，虽然每个零件单独检测都合格，但在装配时，齿轮咬合可能会出现干涉，导致零件卡住无法正常运转。

在过去的火箭装配工作中，很多关键部位靠手工拧紧，对拧紧的力度有着明确的“力矩要求”。而新一代火箭由于结构强度更低，对每个螺母、螺钉的安装要求更加严格。有些拧紧要求是设计规定的，有些则是崔蕴根据实际经验额外提出的，目的只有一个，就是确保无论谁来操作，最终的结果都能保持一致。为了实现这一目标，他们要求所有操作必须使用力矩扳手，并严格按照规定的数

崔蕴在火箭总装现场

值执行。如此一来，无论是力气大的壮汉还是力气小的姑娘，虽然拧紧螺钉时的用力程度不同，但最终都必须达到扳手上设定的力矩标准，从而保证了装配的一致性。

总装车间是火箭制造过程中最为关键的环节，这里是无数零部件汇聚的地方，也是它们最终化身为完整火箭的“摇篮”。在崔蕴一丝不苟的严格要求下，每一位操作人员都深知自己肩负的责任重大，他们如同战场上的战士，严格遵守操作标准，全神贯注地对待每一个细节，力求做到精确无误。

在总装车间，每一颗螺钉的拧紧、每一根电缆的敷设、每一个零部件的安装，都承载着航天人的梦想与期望。崔蕴常告诉年轻的操作人员，他们手中的工作看似平凡，实则意义重大，因为他们正在打造的是能够冲破云霄、探索宇宙的航天器。每一个小小的失误，都可能在火箭发射的瞬间被无限放大，带来无法挽回的损失。所以，他们必须时刻保持高度的责任心和专注力，将每一项任务都做到极致。

为了确保装配质量，崔蕴制订了一系列严格的管理制度。从原材料的检验入库，到零部件的加工制造，再到最后的总装测试，每一个环节都有详细的操作规范和质量检测标准。操作人员在工作过程中，必须严格按照这些规范和标准执行，不得有丝毫的懈怠。同时，车间还定期组织技能培训和考核，不断提升操作人员的技术水平和业务能力。只有通过考核的人员，才能继续从事火箭总装工作，这也激励着每一位员工不断学习、不断进步。

在崔蕴的带领下，总装车间逐渐形成了严谨、细致、追求卓越的工作氛围。在这里，“千人万人一杆枪”不再是一句口号，而是每一位航天人共同的行动准则。大家心往一处想，劲儿往一处使，齐心协力打造出完美的航天器。每一发成功发射的火箭，都凝聚着他们的汗水和智慧，也是他们对航天事业无限热爱的最好见证。

培养新一代航天人才，是崔蕴心中最为重要的使命。他深知，航天事业的发展需要源源不断的新鲜血液，只有将自己多年积累的经验和技术毫无保留地传授给年轻一代，才能让航天事业薪火相传、生生不息。

在日常工作中，崔蕴总是以身作则，用自己的实际行动影响和感染着身边的年轻人。他不仅在技术上给予他们悉心指导，而且注重培养他们的职业素养和责任感。他告诉年轻的操作人员，航天事业是一项崇高的事业，需要他们具备吃苦耐劳、勇于担当的精神。在面对困难和挑战时，不能轻易退缩，要敢于迎难而上，用智慧和汗水去克服一切障碍。

对于年轻员工在工作中出现的问题，崔蕴总是耐心地给予解答和帮助。他会与他们一起分析问题产生的原因，探讨解决方案，并鼓励他们在实践中不断总结经验教训。他相信，只有通过不断地实践和锻炼，年轻员工才能真正成长为优秀的航天人才。

除了在工作中给予指导，崔蕴还积极组织各种培训活动，为年轻员工提供学习和交流的平台。他邀请业内专家来车间进行讲座和培训，分享最新的技术和经验。同时，他还鼓励年轻员工参加各类技能竞赛和创新活动，激发他们的创新思维和竞争意识。在他的努力下，车间里的年轻员工逐渐成长起来，他们中的许多人已经能够独当一面，成为火箭总装工作中的骨干力量。

在崔蕴的心中，培养人才不仅是为了满足当下火箭总装工作的需求，更是为了航天事业的长远发展。他希望自己培养出来的每一位员工，都能成为航天领域的栋梁之材，为实现中华民族的航天梦贡献自己的力量。

第十四章 后墙不倒

火箭总装人有一条别人没有的行话，叫“后墙不倒”，什么是“后墙”，就是火箭出厂的时间节点必须守住。

作为我国唯一一名参与了中国运载火箭研究院生产的所有捆绑型号火箭研制全过程的特级技能人才，在面对直径大了近一倍，95% 都是新技术的“长征五号”新型运载火箭时，崔蕴发现过去总装传统火箭所采用的工具和装配方式，已经完全不能满足“长征五号”的总装需求。

2015 年的冬天格外寒冷。长征五号运载火箭的总装工作进入了关键阶段。在总装车间里，崔蕴站在高大的箭体旁，仰头望着这个庞然大物，眉头紧锁。

“崔师傅，这个燃料贮箱的对接……”年轻的技术员欲言又止。崔蕴没有立即回答，他伸手比画着贮箱的直径，又看了看自己布满老茧的双手：“从中心到边缘足足 2.5 米，很多地方根本够不着。”他转向团队，声音沉稳：“传统方法行不通了，我们必须创新。”

长征五号的燃料贮箱采用了全新工艺，箱壁最薄处仅 2 毫米。崔蕴打了个生动的比方：“如果把贮箱等比缩小到一个鸡蛋大小，它的厚度只有鸡蛋壳的十万分之四。”如此精密的部件，在装配时严禁触碰，这给总装工作带来了前所未有的挑战。

更棘手的是时间节点。在航天领域，“后墙”就是火箭出厂的最后期限，这个节点“绝不能倒”。面对新技术、新工艺、新挑战，崔蕴深知，守不住“后墙”，就意味着整个研制计划的延误。

深夜的总装车间，其他人都已下班，只有崔蕴的办公室还亮着灯。56 岁的他戴着老花镜，伏案绘制着图纸，桌上的浓茶早已凉透。车间主任徐寅推门进来，看着崔蕴泛白的鬓角，忍不住劝道：“老崔，别熬太晚，身体要紧。”

崔蕴抬起头，笑了笑："咱们车间这群孩子经验少，白天我得替他们把把关。晚上回去也睡不着，不如多琢磨琢磨。"他的目光重新回到图纸上，那里画着一个大胆的构想——让重达20吨的箭体滚转起来。

这个灵感来自一个意想不到的地方。有一天，崔蕴看到厂区里一个工人骑着自行车经过，车轮转动时辐条闪闪发光。他突然想到：为什么不能像自行车轮子一样，让火箭的某些部件也转起来？

当时感觉打开了一个新思路，崔蕴眼前一亮，但紧接着就是眼前一片漆黑——怎么实现？

接下来的两个月，崔蕴带领团队进行了上百次试验。他们借鉴自行车辐条的原理，设计出了特殊的旋转机构。白天在车间指导总装，晚上研究改进方案，崔蕴的作息时间表排得满满当当。

功夫不负有心人。这套创新的旋转系统终于研制成功，实现了箭体在装配过程中的可控旋转。

操作人员可以在地面完成各项装配工序，实现了多人多点同时操作，工作效率提高了两到三倍。更关键的是，通过定点定位的方法，有效避免了贮箱气密试验时不同点位过滤器混合使用带来的污染风险。

“这就好像自行车上的轱辘。”崔蕴总爱用这个朴实的比喻，“通过辐条，把中心的车轴和外面的瓦圈连接起来，车轱辘就能转起来。”说着，他会指向正在工作的旋转平台：“你听，‘咔嗒咔嗒’的声音，是孩子们在拧对接螺钉。如果不是自动旋转，顶上又够不着了。”

正是这种看似简单的逻辑，打破了传统火箭总装行业几十年的惯例，攻克了大直径火箭装配的最大难关。

长征五号新一代运载火箭发射前夕

在崔蕴和团队的攻关下，“树型尾段总装工作平台方案”“滑轮组提拉芯一级方案”等方案相继提出，创新性地解决了从内部管路气密试验到外部芯级箭体装配的一个个总装难题。他们通过技术和管理上的大胆创新，有效保证了火箭出厂时间节点的“后墙不倒”。

只有他们自己最清楚，这简简单单的“后墙不倒”4个字，背后藏着多少汗水和坚持。他们靠的是年复一年练就的高超手艺；靠的是每天埋头苦干、一点一滴的积累；靠的是面对危险时，毫不犹豫地冲在前面，扛起责任；靠的是那种“特别能吃苦、特别能战斗、特别能攻关、特别能奉献”的航天精神。这种精神不是喊出来的，而是他们用一次次熬夜、一次次攻坚、一次次“舍小家为大家”的实际行动干出来的。

在火箭发射前倒计时的紧张时刻中，随时都有发生意外的可能，这就需要有人顶住压力，随时做好应急准备。每每这时，崔蕴都会主动站出来，请求担任抢险队队长。用他的话说：“干火箭交不起学费，尤其是发射前抢险，稍有闪失都会付出血和泪的代价。我们这儿只有成功和失败，只有这两个词儿，没有中间或者这回差不多什么的，我们没有把目标精准送到轨道就叫失败。”就这样，作为主心骨的他犹如

“定海神针”一般，带领年轻队员在火箭发射塔架上恪尽职守，舍生忘死，每次都坚持到火箭发射的最后一刻。

有一次在海南发射场演练时，按照原来现役火箭的操作流程，助推器怎么也无法与芯级箭体正常连接，现场领导和设计人员急得不知所措，纷纷向崔蕴求助。崔蕴经过仔细分析，凭借丰富的经验很快找到症结所在：长征七号火箭的助推器与现役火箭相比，长度显著增加，导致重心不稳，因此传统的装配方法不再适用，必须采取新的策略。随后他准确给出了一系列指令，使这一问题得以迅速而有效地解决。

“后墙不倒，可不光是按时按点完成总装任务那么简单。这是最基本的要求！更关键的是，一旦火箭飞行出了问题，第一个被查的就是总装。每一个环节、每一步流程都得从头到尾仔细排查，一点都不能马虎。”崔蕴的徒弟们说，“‘老头儿’常跟我们讲，刑事犯罪讲究‘疑罪从无’，但对我们航天工作者来说，叫‘疑罪从有’。”

“所以啊，我们在组装过程中，全程都用多媒体拍照录像，每一步操作都有详细记录。你得确保自己干的每一步都是对的，而且还得有现场记录来证明你干得对。要是证明不了，那就是你的问题。这就是崔大师对我们的严格要求，一点都不能含糊。”

“我们一直按照崔大师和车间徐主任提出的‘三做’原则来干活：做事有依据，做事按依据，做事留记录。只有这样，才能确保万无一失。”徒弟们说着，语气里带着敬畏，也带着自豪。

刚开始接触新型火箭时，车间的同事们认为，现在大家面对的都是陌生的新型火箭，各种各样的情况难以预料，即使出现问题，也容易得到别人的谅解。但对崔蕴来讲就是不行，他常讲的一句话就是：“怎么能失败？”“怎么能出现这种事情？”尤其是在两次发射失利之后，他的要求越发严格。无论是“长五”“长七”，还是后来的衍生型号，每打一发都很关键，每一发火箭他都叫作“失败不起”。

“‘老头儿’经常跟我们说：‘上游单位的产品可靠性我管不着，但我要求你们，从你们手里出去的活儿，必须敢拍着胸脯告诉我没问题！’”崔蕴的徒弟骆鑫生回忆道，“所以，我们每个人干活的时候，心里都绷着一根弦，压力特别大。”

他接着说：“每次插完一个插头，直到最后一刻，我脑子里都在反复琢磨：这插头到底插紧了没有？插针有没有歪？从插第一个插头开始，到最后一天总装完成，我都得为最开始的那个插头负责。哪怕是一个小细节出了问题，都可能影响整个任务。”

为了保证火箭总组浑然一体没有瑕疵，崔蕴对车间的工艺文件进行了深入改革。他废除了原先的工艺规程和质量控制卡片，转而采用更为先进的一体化工艺文件，并据此制订了一系列严谨的工艺标准。这些标准包括《压接端子和接头总规范（GJB 2647—1996）》《航天火工装置安全技术要求（QJ 3198—2004）》和《火工品包装、运输、贮存安全要求（GJB 2001—1994）》等。此外，他还制订了设计技术条件要求及相关的产品说明书，确保总装工作从技术和设计文件层面得到了全面、严谨的质量保证。

崔蕴还立足新一代运载火箭总装总测，跟踪国内外的最新动态和发展趋势，积极开展技术创新工作，不断推进车间的信息化、自动化、标准化进程。这些卓有成效的创新性成果包括：成功引入了“虚拟现实技术”，强化员工能力培养，有效提高了劳动生产率和产品质量；成功引入了自动化对接技术、总装自动滚转技术、三维工艺设计与仿真等先进技术，为航天行业创造了新的工作模式；通过设备代替手工来保证产品质量，采用数字化、智能化方法，将自动化设备引入总装总测，解决了总装总测过程中

长征五号新一代运载火箭发射前夕

易错难操作的问题，攻克了总装总测过程中涉及的配气技术、电连接器插拔操作可靠性、发射中电连接器自动分离可靠性等关键核心技术；先后设计制造各类工装30多台（套）；在总装自动对接、管路等领域，申报专利6项。

类似的技术攻关，崔蕴的工作中比比皆是。2017年，崔蕴携发明“一种液体控量节流装置”参加德国纽伦堡国际发明展，获得银奖。他还主编完成了《发射场工作及注意事项》系列培训教材及《五年问题回头看》《总装总测通用基础》系列培训教材，为打造专业技能人才队伍夯实了基础。

熟悉崔蕴的人都说，他就是为火箭而生的，对造火箭的痴迷简直到了无人能比的地步。500多件装配工具，他样样精通，大到发动机，小到一颗螺丝钉，火箭的每一个结构都像刻在他脑子里一样清晰。在同事们眼里，他就是个“问题终结者”，似乎没有他解决不了的难题。但真正了解他的人都知道，他的成功靠的是几十年如一日的坚持和钻研。用崔蕴自己的话说：“火箭，对我来说就是魂牵梦绕，醒着、睡着，脑子里全是它。”

这份执着和热爱，正是航天火箭总装人“后墙不倒”的秘诀。他们用汗水和坚持，托起了每一次火箭的成功发射，也托起了中国航天的梦想。

第十五章 给“孩子们”蹚条路

2014年寒冬，渤海湾的海风格外凛冽。天津港码头，一艘特殊的货轮正在做着最后的启航准备——它将承载我国新一代中型运载火箭长征七号的合练箭，驶向遥远的海南文昌发射基地。这是中国航天史上首次采用海运方式运输火箭，没有经验可循，没有先例可考。在这关键时刻，一个身影始终坚守在装运现场，他就是中国运载火箭技术研究院特级技能专家崔蕴。

“崔师傅，您真的决定要跟船？”年轻的装配组长小王担忧地问道。崔蕴没有立即回答，他的目光始终追随着正在吊装的火箭箭体。海风掀起他灰白的鬓角，露出额头上深深的皱纹。

“第一次海运，太多未知因素。”良久，崔蕴才开口，声音低沉却坚定，“湿度、盐度、风浪，每一个变量都可能影响箭体状态。我得亲自走一趟。”

这个决定让很多人感到意外。当时已经54岁的崔蕴，身体状况并不理想，常年高强度的总装工作让他的腰椎和膝盖都落下了毛病。公司领导也曾劝他：“老崔，让年轻人去吧，你在后方坐镇指挥就行。”

但崔蕴的坚持最终说服了所有人。作为一名“老航天”，他比任何人都清楚这次运输的重要性。长征七号作为新一代运载火箭，采用了全新的无毒无污染推进剂，其技术状态与传统火箭有很大不同。而合练火箭的运输质量，直接关系到后续正式发射任务能否顺利开展。

“他就是不放心。”妻子张晔最清楚他的心思，“老崔总嘀咕着，万一路上出点岔子呢？毕竟他的经验最丰富，心里有数。”

货轮启航的那个清晨，天津港笼罩在薄雾中。崔蕴站在甲板上，看着码头上送行的人群渐渐远去，转身走向货舱。那里，长征七号合练箭被特殊的固定装置牢牢地固定在运输平台上。

“检查所有紧固点！”崔蕴对随行的年轻技术员们说，“海上风浪不可预测，必须确保万无一失。”他亲自示范如何检查每一个固定螺栓的状态，如何判断设备是否出现微小位移。

很快，考验就来了。货轮驶入黄海海域时，遭遇了突如其来的大风浪。高达 5 米的浪头让这艘万吨巨轮也开始剧烈摇晃。

“崔师傅，3 号固定支架出现轻微位移！”深夜值班的技术员紧急报告。崔蕴立即从休息舱赶到货舱，在摇晃的船舱中，他像年轻人一样敏捷地检查每一处关键部位。

“调整配重，加固支架。”崔蕴果断下令，“通知船长改变航向，减小横摇幅度。”在应急灯的照射下，他花白的头发被汗水浸湿，贴在额头上，但眼神依然锐利如鹰。

这样的突发情况在 7 天的航程中并不少见。崔蕴几乎把所有时间都花在了货舱里，时刻监测箭体状态，记录环境参数，调整固定方案，困了就在货舱角落的椅子上打个盹儿。

当货轮终于抵达海南文昌清澜港时，所有人都松了一口气，但崔蕴的工作才刚刚开始。他坚持全程监督卸船、转运和发射场的总装工作，直到合练火箭在发射塔架上稳稳竖起。

这次航行不仅是守护，更是开拓。崔蕴在颠簸的船舱里画下厚厚一沓图纸，标注着“顺风时检查固定销位移”“横风超过6级需加固缆绳”等细节，连船上必备的扳手型号、湿度记录仪摆放位置都做了明确规定。“给孩子们蹚条路。”他把笔记本交给年轻人时说，“安全运输就两

长征七号新一代运载火箭发射现场

条：保产品，保人员。标准定死了，往后谁来都不怕。”

可真让年轻人接手，崔蕴还是放心不下。后来每次海运，车间的电话总会在固定时间响起，那头是崔蕴的声音：“船到哪儿了？火箭舱温多少？”直到对方报出精确数据，他才会说“知道了”，却总在挂电话前补一句“有情况立刻打过来”。

天津车间那群年轻人，都是崔蕴一手带出来的。最早的那批如今早已成了挑大梁的骨干，有的甚至成了“师爷”——徒弟都开始带徒弟了。可即便如此，崔大师依旧放不下心，总念叨：“这帮孩子啊，还是太年轻，干劲是足，可经验这东西，不是一天两天能攒出来的。”

崔蕴常跟人说：“火箭这东西，没有两发是一模一样的。卫星不同，火箭的配置得跟着变；新一代火箭和老型号比，讲究无毒无污染、高可靠性、大运载能力，要求更高，难度和风险也更大。现在咱们火箭发射的总量还不算多，这回发射暴露个问题，下次想办法解决了，再打几发，说不定又有新的隐形问题冒出来，还得实打实去排除。每一发火箭，都不能带着半点问题上太空。真要做到这一步，非得有个积累经验、慢慢成熟的过程不可。”

以前的火箭总装车间，分工清清楚楚：装配工照着工艺指导装配，测试时则由测试技术员指挥测试工动手。但崔蕴凭着几十年的经验，结合实际操作中的门道，大胆改了规矩——让工人既干装配，又学测试，于是车间里多了个新称呼：装配测试工。

新一代火箭公司刚成立那会儿，火箭产量不算多，一年也没几次发射任务。要是按老规矩把每个岗位的人都配齐，麻烦就来了：装配的时候，测试工闲着；轮到测试了，装配工又没事干。这不光是人力浪费，更大的问题在于，装配和测试一旦分开，测试工未必清楚装配时的细节，装配工也摸不透测试的门道，两边衔接起来磕磕绊绊，效率自然高不了。

再说了，火箭到了发射场，总装工人多半时间都在配合测试。要是派去的都是只懂装配的工人，对测试一窍不通，凭着感觉瞎干，不光可能出岔子，更别想把活儿干到极致——而“干就要干到极致”，正是崔蕴常挂在嘴边的话。

要想做到极致，就得跟着火箭技术的发展调整团队结构，不然很容易变成蛮干。崔蕴的法子很实在：装配阶段，每个组安排 20 个人；到了测试阶段，每个型号再挑五六个装配经验丰富的人配合测试；等火箭运到发射场，这些人也跟着过去。他们对火箭的状态门儿清，装配和测试的每个细节都烂熟于心，这样一来，工作衔接得顺顺当当，火箭的质量也多了层保障。既不浪费人力，又能确保每个环节都有明白人把关，效率和质量自然就上去了。

崔蕴总说，总装车间的要求，和别的单位不一样。其他单位只要满足设计要求，就算合格产品。但总装车间不行，设计要求是底线，绝对不能碰，但总装的标准得更高，得有自己的工艺要求。就说零件加工的公差吧，设计要求是 ±1 毫米，到了车间就得按 ±0.5 毫米来卡。不光如此，对每个班组、每个人的要求还得因人而异：经验老到的，得达到 ±0.3 毫米；刚入行、手艺还欠点火候的，放宽到 ±0.4 毫米，但必须有明确的标准。要是没标准就盲目操作，那就是实打实的蛮干。

新一代火箭大多有助推器，通过各种连接装置和火箭主体连在一起，这叫捆绑连接。天津公司的年轻人绑助推器，水平在行业里是出了名的高，说到底，还是因为他们的精度要求比别人严得多。

火箭起飞时，发动机的推力大得惊人，新一代火箭的推力更是往上涨了一大截。要是连接的地方有间隙，很容易产生振动，而火箭最怕的就是低频振动。连接得越紧密、越牢固，甚至能连成一个整体，振动的隐患才能彻底消除。

当年送第一位航天员上天时，火箭就出过 8 赫兹的低频振动问题。发射前的振动实验明明通过了，可谁也没料到，航天员是活生生的人，身体里的器官和液体都会跟着振动晃动。结果，8 赫兹的低频振动让航天员在飞行中格外难受。后来他们找到症结，想办法降低低频振动，调整频率，才解决了这个问题。从那以后，上天的航天员再也没遇到过类似情况。要解决这类问题，不光得靠技术提升，更得守住高标准，把每个细节都抠到位。

为了让孩子们明白为何连接间隙要越小越好，崔蕴讲过一个故事：19 世纪初，拿破仑的一队士兵在指挥官的口令下，迈着整齐的步伐走过法国昂热市的一座大桥。可走到桥中间时，桥梁突然剧烈颤动，最后竟断裂坍塌，好多官兵都掉进水里丧了命。没受任何攻击的大桥为啥会塌？罪魁祸首就是共振！大队士兵齐步走产生的频率，正好和大桥的固有频率对上了，振动越来越强，等振幅超过桥梁的抗压极限，桥自然就塌了。

“火箭总装也是一个道理，”崔蕴说，“零件固定好以后，它的频率是固定的。可要是几个频率凑到一块儿产生

长征五号新一代运载火箭发射前夕

共振，那后果就是灾难性的。”

在别的车间，看到小伙子使劲拧螺钉，旁人多半会夸一句“干得卖力”。但在总装车间，这绝对不允许。因为扳手拧得太快，螺纹摩擦生热，会出现“冷作硬化”——表面形成一层致密的保护膜，硬度和强度是上去了，可抗剪、抗弯能力反而降了。火箭上太空后，说不定就从这儿出问题，一旦出事，就是天大的灾难。所以在总装车间，连拧螺钉的速度都有严格规定。

崔蕴带着人做了上百次实验，终于摸出了门道：螺钉或螺母个头大、“肉”厚的，冷作硬化对它的抗弯抗剪能力影响不大；可要是螺钉小、“肉”薄，影响就明显了。反复计算后，他拿出了明确的标准：不同大小的螺栓该紧多少、松多少，都有具体要求。这可不是拍脑袋想出来的，全凭数据说话。这些数据甚至能影响设计——设计产品时，不光要考虑强度，还得把抗弯性、抗剪性、抗疲劳性都算进去。

既然是自己带出来的队伍，崔蕴不光操心他们的现在，更惦记着他们的将来。以后的火箭会更大、更长，对同轴度的要求更高，一些薄弱部位还有可能出现牵扯变形。这些都得提前想到，所以他经常给团队出课题，要求提前拿到数据，一定要走在设计前面。只有这样，等设计真提要求时，不管是工装的精度、架车的定位，还是该用什么设备测量，才能心里有数，不慌不忙。

崔蕴总跟工人们说：“全国几百个部所厂站把零件交给我们，咱们就是‘千人万人一杆枪’，最后要把装好的完整火箭，在发射场成功送上去。这就像咱们的火箭是辆出租车，卫星是乘客，得平平安安地把人家送到目的地，客户才会满意。要是发射轨道偏了，把‘乘客’送错了地方，那咱们的责任可就大了。”

所以啊，只有亲眼看着火箭成功发射，听到卫星正常入轨、精度达标的消息，确认一切都妥妥帖帖，崔蕴那颗悬着的心才能真正放下来，才能体会到那份如释重负的轻松。

第十六章 薪火相传

靶场的清晨总是从 7 点 20 分的班车准时启程开始。抵达厂房后，晨会雷打不动地召开，当天的工作安排、注意事项都在这里一一明确。

可工作安排刚落音，崔蕴的“念经”就准时开场了。班组长们挨个被点名，无论揪出的是昨天干活时的疏漏，还是今天任务中可能潜藏的隐患，只要答不上来，免不了一顿严厉的数落敲打，这场景每天清晨都在上演。他总在强调：“你们必须把活儿干到极致，必须对这份工作负起责任。”

总装车间里的年轻人，不少是独生子女，习惯了众星捧月的日子。但踏入航天领域，崔蕴要做的第一件事，就是让他们明白：选择了火箭，选择了航天，就不能只盯着自己的一亩三分地，必须把航天事业放在首位。思想上立不住这个根，日后工作里难免会出责任心缺失之类的岔子。在崔蕴看来，合格的火箭总装人，首先得过思想关。

火箭总装跟别的工种不一样。就说车工，守着一台车床，几平方米就是战场，专注把零件车好就行。可火箭总装是“千人万人一杆枪”，一个人的失误就可能让全局崩盘。这是最典型的木桶效应，成败不看长板多长，全看短板多短——一块短板，就能让成百上千人几个月甚至几年的心血打水漂。

所以崔蕴总逼着年轻人在心里刻下：“咱们这行输不起。火箭总装点火那一刻就‘开弓没有回头箭’，非成即败。这叫‘一失万无’——所有成功，都离失败只差一步。”他在车间常念叨：全国药店再多，啥药都能买到，唯独“后悔药”，哪儿都没卖的。

火箭靠强度设计，为了减重提效，外壳做得较薄，材料和结构设计得确保强度刚度，连接要求更是毫厘不能差。比如抬的时候手没放对位置，可能一下就毁了；没戴手套，手心汗渍沾上去，就可能造成表面腐蚀。一次失误，就可能让前面所有人的努力全部归零。在这里干活，思想上必须绷紧弦，心里必须门儿清，得牢牢记住“失败不起”，绝不能混日子。

就像当年崔蕴刚参加工作时，老师傅天天叮嘱的那样，他也把这些话一遍遍说给“孩子们”听。日子久了，年轻人对工作的认知和态度，悄悄朝着他指引的方向变了。起初是被动听着，慢慢就明白，每个细节都牵着火箭的成败，连着国家的荣誉。这份责任感慢慢融进骨子里，成了工作的动力和准则。

“干咱们这行，半点马虎都不能有。你的一点疏忽，可能就是整个任务的致命伤。”崔蕴日复一日地提醒和严要求，让班组里每个人渐渐养成了严谨细致的习惯。大家开始主动琢磨怎么把活儿干得更到位，怎么让每个环节都滴水不漏。这种转变不是一天两天的事，是在一次次任务里慢慢攒出来的。

去靶场的人压力更大，那儿的活儿必须万无一失。总装在垂直状态下进行，火箭 50 多米高，扳手没拿稳掉下去，砸在哪儿了还好说，要是不知道砸哪儿了，就得从

崔蕴为员工讲解火箭构造

上到下一点点找，确认有没有砸坏。靶场操作就是得零失误，严格按流程来。

在崔蕴的严格要求下，总装车间的氛围就一个字：卷。班组之间卷，个人之间卷，班组长之间也卷。

在海南发射场，每天晨会结束，崔蕴就上塔转悠，巡查时发现问题，当场就指出来，该改的改，做得不好的就得说道说道。

在天津火箭公司，崔蕴每天早上准点进现场，一眼扫过去就能发现问题，记在小本子上，要么发消息，要么通知班组长几点到现场开会。8 点 25 分前，先给班组长开个会，哪个地方有问题，老问题新问题分得明明白白。新问题教办法，老问题就狠狠地训一顿，然后大家再开各自班组的晨会。他天天如此，准时准点，雷打不动地检查。每周还有周例会，所有班组长、车间领导都到场，各班组汇报本周工作和下周计划。他会把一周转悠发现的问题挨个捋一遍，谁的事谁领走，该批评的批评，该解决的解决，只要在天津，每周都这样。

“老头儿”的厉害之处就在这儿，一眼就能瞅出问题，这是年轻人最服他的地方。

骆鑫生常问崔蕴：“您怎么看出来的？我们天天守着产

品，按理说最熟悉，咋就没发现呢？”在他看来，要达到崔蕴的水平太难了，他们的认知还差得远。崔蕴对火箭的熟悉程度，简直了——每一处结构、哪里可能出问题，他心里跟明镜似的。年轻人为啥看不出来？说到底是对火箭飞行中的变化了解不够，对问题的来龙去脉没彻底搞懂。

“师父常说，既要知其然，又要知其所以然。”骆鑫生感慨，“我们好多时候只看到表面，不知道背后的道理。比如，某个零件为啥会松动？某个环节为啥出故障？我们往往只知道结果，不清楚原因。师父就不一样，他不光知道问题在哪儿，还知道为啥出问题，甚至能预判飞行中可能出啥状况。”

“这就是差距啊！”骆鑫生长叹，“还得接着学，接着琢磨，不光要会干，还得明白为啥这么干。只有这样，才能像师父那样，对火箭了如指掌，看问题洞若观火。”

长征五号二级的悬挂贮箱，5 米的大箱子挂着 3.35 米的小箱子，设计时中间有个箱间段。因为火箭是冷分离，稳定性差，崔蕴建议用激光跟踪仪对接。这么一来，比正常对接慢了一天，却保证了推力轴线精准，让控制系统的轨道精度提高了不少。

“这种事儿多了去了。”骆鑫生说，“他老让我们多学，

长征七号新一代运载火箭整流罩在火箭发射基地转运

懂得多了，心里装着‘成功’二字，才能弄明白设计意图，知道生产中哪些地方可能变形，哪些尺寸难保证，到了自己这一步该盯着啥，给火箭最后的成功把好关。”

说着，骆鑫生仿佛又回到了发射现场：“加注前大家还没那么紧张，一旦开始加注，心就提到嗓子眼了。液氢液氧加注时，仪器设备、管路阀门，可能突然被冻住、卡死，或者不通电，啥状况都可能冒出来。”

“平台全打开后，液氢加注是在敞开空间，丁点儿火星就可能爆炸。所以加注时，火箭就进入了完全不同的状态，我们一直提心吊胆。加注完，跑流程测试，直到点火升空，眼睛还得盯着屏幕，看飞行曲线是否正常，星箭分离了，才能暂时松口气。火箭看着是成功了，皆大欢喜，可飞行中要是哪条曲线不对劲，哪个数值偏大或偏小，回头就得查，查当时是怎么装的。每发火箭上天，数据上有‘毛刺儿’，必须解决，咱们得做到万无一失。”

火箭飞行成功不代表就成功了。每发火箭都在迭代，一直在更新优化，设计方案、总装工艺、减重措施，每一发都多少有点变化。

新一代火箭的精度越来越高，嫦娥五号、嫦娥六号任务就是明证。当初设计时，谁也没想到装配精度能到这地步。结果火箭分离那一刻，精准入轨，不光给变轨留足了燃料，还省下不少。这省下的燃料可是笔“巨款”——火箭完成既定任务后，多余的燃料意味着能飞得更远，能执行更久的任务，对探索深空、延长卫星寿命来说，这一点太重要了。精度提升，不光让任务更高效，也给未来的探索提供了更多可能。

工匠们的职业生涯，不只是技艺的打磨和技能的积累，更是一段满是挑战与成长的心路。每一次极限挑战，都是对能力的考验，也是对人类认知空间和创造能力的拓展。正是这无数次的积累，铸就了他们的坚韧与智慧，也让人类探索太空的脚步走得更远。

如今的火箭总装现场，年轻面孔随处可见。他们眼里闪着对未来的憧憬，手里攥着的是沉甸甸的责任，也是滚烫的梦想。

第十七章 严师出高徒

天津火箭公司总装车间里，有间酷似太空舱的办公室。长圆形办公桌居中，一圈黑白相间的电脑椅围坐四周。墙上贴满崔蕴的介绍与照片，下方展台上，他的荣誉证书与各式火箭模型静静地陈列着。这里便是“崔蕴国家级技能大师工作室”，被中华全国总工会授予“全国示范性劳模和工匠人才创新工作室”，崔蕴亲昵地称它为自己的“庙”。

一张张奖状、一个个证书背后，是崔蕴几十年如一日的奋斗足迹。2020 年全国劳动模范、全国质量工匠，

2019年全国五一劳动奖章、“大国工匠年度人物”，“长征五号运载火箭首次飞行任务突出贡献者”，天津市劳动模范、道德模范，首批“津门工匠”“海河工匠”……每一项荣誉都镌刻着他对航天事业的赤诚。

展台上的火箭模型格外醒目，仿佛拥有生命般代代相传，恰似不断进化的生命形态，凝聚着一代代航天人的智慧。在这座“庙”里，崔蕴常对着它们出神，仿佛在与岁月对话，从中看见年轻时的自己，如今那份纯粹的热爱与执着依旧滚烫。

指尖轻抚模型表面，那些年的奋斗痕迹仿佛触手可及。每一次成功发射的欢呼，每一次技术突破的雀跃，甚至每一次失败的苦涩教训，都如电影般在脑海中流转。从这些模型身上，他既看到火箭的迭代进化，也望见自己的成长轨迹——从普通技工到受人尊敬的“大师”，一路走来，汗水与泪水交织，无数个不眠之夜的坚守铺就了前行的路。

虽已不再年轻，但崔蕴对航天的热爱与责任却丝毫未减。走出“庙”门，望向车间里忙碌的年轻身影，他知道，这些年轻人将续写中国航天的未来。而他，会一直守在这里，护着这份梦想。

他把这座“庙”当成课堂，每天将火箭相关知识的学习积累视作必修课，每周给徒弟们出题、考试，常说搞火箭总装总测，必须“知其然，更要知其所以然”。为了让年轻人快速成长，他在这里举办了数十场关于火箭各系统与装配操作关系的讲座。

平日里，崔蕴总穿着白大褂，大家都知道他口袋里

崔蕴（右一）接受相关领导慰问

装着“六件宝”：老花镜、手电筒、卷尺、放大镜、望远镜、激光笔，全是用来悉心指导和严格检查徒弟们工作的。只要事关火箭，他从不含糊，对徒弟们更是严厉得不留情面。

记得刚带这支年轻队伍时，孩子们最长的入职不到5年，最短的才1年。他手把手教这些总装新兵，连拿扳手、拧螺丝、用钳子的姿势都一一纠正，每项操作都得严

崔蕴（右）在团队与孟祥飞团队共建活动上

守规矩。

崔蕴要求大家随时备好工具，保持随时可用的状态，不仅能提高效率、规划工作，而且更重要的是，工具的熟练度直接体现技术水平。在他看来，队伍初创时形成的作风，决定着未来的模样，“将来都是他们挑大梁，年轻人要接航天的班，现在不严不行”。

在天津火箭公司总装车间外的展示室里，长征二号到长征八号的火箭模型整齐陈列，宛如一支待命出征的星河舰队。它们分工各有侧重：有的专攻低轨与太阳同步轨道卫星发射，有的肩负神舟飞船载人飞天的重任，有的负责将月球车、火星探测器送往深空，还有的化身“快递小哥”，为近地轨道的航天舟货运飞船运送物资。

每每聊起这些火箭，崔蕴的眼神都会瞬间温柔下来，仿佛在细数自家孩子的成长轨迹。

“就说长征五号，大家爱叫它‘胖五’，又因用了液氢液氧这些低温推进剂，得了个‘冰箭’的雅号。为啥叫‘胖五’？你瞧它那些同族兄弟，直径 3.35 米，算下来腰围才 10 多米，个个瘦得精干。再看‘胖五’，活脱脱一个大块头！可别小看这体型，块头大意味着力气足——别家长征火箭最多能把 8.8 吨货物送进 300 到 400 公里的近地轨道，‘胖五’却能扛着近25吨载荷稳稳抵达。新技术一多，老法子自然跟不上趟，咋办？学呗，哪儿不懂攻哪儿！”

在崔蕴的传帮带下，当年青涩的航天新人很快适应了新一代运载火箭的研制节奏，挑起了总装、测试的大梁。经他精心培养，一大批有能力、有朝气的青年技术骨干脱颖而出，成长为团队中坚。如今，他带领的这支163人的队伍，平均年龄不到30岁，早已“打磨成型”，多次圆满地完成新型火箭首飞及探月、探火、空间站发射等国家重大宇航任务，还先后荣获全国五四红旗团支部、中国青年五四集体奖章等荣誉，其中1人获评全国三八红旗手，2人成为全国技术能手，3人晋升高级技师，1人成为航天技术能手，为祖国航天事业后继有人、基业长青筑牢了根基。

近年来，崔蕴带领团队完成技术改革300余项，为火箭短短几百秒的飞行安全提供了坚实支撑。

“别小看这帮孩子，长五、长七都是他们干出来的。我觉得他们已经领悟继承了老一辈航天人的精神。”

2020年初，海南文昌航天发射场首次面临两支型号队伍先后入场、同时操作的挑战。偏偏新冠疫情暴发，可谓挑战重重。

试验队员来自天南海北，恰逢春节假期，不少人回老家过年。为防疫情，从外地返回的队员得隔离观察后才能上岗，人员紧缺成了两支队伍的共同难题，不解决，发射任务就难以执行。

关键时刻，崔蕴临危受命，担任长征七号甲、长征五号 B 两支试验队伍的临时总队长，全面负责任务期间的人员、资源和计划安排。在他的调度指挥下，两支队伍默契

崔蕴作为大国工匠年度人物受邀在北京参加新中国成立 70 周年阅兵庆典观礼

协作，队员们主动担当，采用任务交叉进行、一人多岗等办法，最大化发挥人力资源优势，用有限的人手如期完成了任务，实现了 1+1 > 2 的效果。特别是长征七号甲的队员们，顺利完成整流罩合罩等工作的同时，还帮着长征五号 B 试验队圆满完成了卸船等任务。

崔蕴至今记得，长征五号 B 首飞成功后，中共中央、国务院、中央军委专门发来贺电：“你们为党和国家事业发展作出了卓越贡献，祖国和人民感谢你们！”看到贺电的那一刻，想起这场破局之战的不易，崔蕴百感交集。更让他动容的是，新一代航天人的精诚合作、奋勇拼搏，年轻党员的勇于担当、大局意识，已然闪耀在航天事业的征程上。

第十八章 倔老崔

见过崔蕴的人，都说他面目和善，性子不温不火。可熟悉他的人都清楚，老崔那股倔劲儿上来，十头牛都拉不回。但凡跟火箭沾边的事，他必定较真到底；要是碰上影响火箭总装的技术问题，哪怕跟同事“嚷嚷一通”甚至“吵上一架”，也绝不退让——不为别的，就为经他手的火箭，都能完美升空。

崔蕴自己也说性格倔，连微信名都叫“倔老崔”。爱人张晔笑着说：“这是女儿给起的，我觉得跟他那性子太对路了。”

“他这人啊，从不会溜须拍马，也不说虚头巴脑的话，就是个实在人，一颗心全扑在工作上。甭管对面是多大的领导，只要他觉得不对，立马就能跟人吵起来，一点面子都不给，有时候搞得领导都挺下不来台。”

“家里的事也一样，他认准的理儿，也不能轻易改变。比如，全家约好出门，别人提前三五分钟到就行，他非得提前半小时，最少也得 20 分钟。你催他慢点，他还反过来教育你：‘提前到是尊重别人，也是尊重时间！’这脾气，谁拗得过？”

“他就是这么个人，直来直去认死理，但你不得不承认，他做事就是靠谱，让人踏实。”

崔蕴却说，他这“倔”，一辈子就为两件事：干火箭，干好火箭。

在天津火箭公司，去往总装车间的路上栽着不少树，最打眼的是黑松。它们像一团团墨色火焰从地里蹿出来，倔强地把枝条全伸向天空，任凭风吹雨打，向上的姿态半点不改。见过的人都说，这树啊，真像崔大师。

接触过崔蕴的人都知道，他不光倔，还爱较真儿。生产上、技术上的事，只要他认准了，谁说都没用。尤其出了问题，你越找借口他越烦，还不如赶紧去解决——这才是正经事。

同事们说："他还爱'管闲事'。车间里的工装是他设计的，厂房的用气、墙边的线路管路，要不是他提意见，根本达不到现在的样子。"

"但他是真懂总装，知道总装需要啥，就非得让厂房按实际需求来设计。所以厂房刚建时，他提了一堆意见，全是实打实的门道。"

"单看眼前一段，好像没啥影响，可总装人心里清楚，这里面门道大了。比如，干活时要用的工具，伸手就得拿到，这样才高效。拿不着？他立马就提意见，非得改成合用的样子，不然根本没法好好干活。"

就凭这股"倔"劲儿，崔蕴在困难面前从不低头，始终守着自己的立场和原则。碰上棘手问题，他总说："没条件，创造条件也得搞出来！"哪怕别人都觉得不可能，他也会梗着脖子坚持，"让我再试一次！"

有一回，团队遇上技术难题，大伙儿都觉得没指望了，崔蕴偏不信邪。他带着团队反复试验，失败了重来，再失败再重来，直到把方案啃下来。有人劝他："算了吧，别折腾了，时间来不及了。"他摇摇头，眼神亮得很："不行，这事儿必须成，再试一次！”

就是这股倔劲儿，让他一次次突破极限，把“不可能”变成了“可能”。

2017年7月2日，“长征五号遥二”失利。之后的日子里，所有人都在归零找原因：是火箭总装的问题？还是发动机的问题？原因找不出来，天津火箭公司都可能撑不下去——情况就是这么严重。这段艰辛漫长的排查过程，

崔蕴在办公室

后来被一院明华书记称为“含泪奔跑的908天”：从遥二发射失败那天起，到下一发火箭成功升空，整整908天。

那会儿每个人心里都压着块石头，崔蕴也不例外。他的要求变得格外严苛，任何环节、任何疏忽都绝不放过。

后来的遥三火箭，经历了“三装三拆”。好不容易装完，测试出了问题，拆！重新找原因；觉得问题解决了，一试车又出状况，再拆、再装、再测……就这么来回折腾，最终才彻底解决问题，把火箭送进靶场。

这发火箭成功发射时，测控大厅有位女同事，从笑到哭，情绪一点点绷不住。直到现在，这发火箭仍是天津公司发射的火箭里，在靶场表现最完美的——从头到尾，各个系统都顺顺当当，没出半点岔子。因为所有人都憋着一股劲儿，不管前期检查还是正常操作，每个环节、每道程序，都按照极致标准来做。

崔蕴的“倔”，最突出的就是追求极致。任何疑点，他都得弄个水落石出。他常挂在嘴边的一个词是“归零”。这是中国航天领域处理质量问题的方法，分技术归零和管理归零。

技术归零，简单说就是“定位准确、机理清楚、问题复现、措施有效、举一反三”。发现问题后，抛掉主观臆断，从第一步到最后一步重新验证，直到问题彻底解决。

为啥要这么费劲找根源、啃硬骨头？

“航天工程是个庞大的系统工程，飞船动辄数吨重，一点小瑕疵都可能牵一发而动全身，酿成灾难。”中国自行研制的神舟飞船，由多个分系统组成，装着多台不同推力的发动机，涉及600多台设备、10万多个元器件、250多万个零件——这么个高精尖的庞然大物，哪怕一个零件出问题，都可能导致失败。

长征二号F火箭曾在发射场做单元测试时，被称为火箭“大脑”的控制平台出了故障。几天几夜的排查后发现，竟是平台内环轴端一根17克重的导线碰到了内壁的电缆束管，愣是卡住了70多千克重的控制平台旋转。

正是靠着前人的经验和自己一步一个脚印地摸索，中国航天人总结出了“归零法”。本质上，就是不惜动用一切资源解决小问题：不管问题以啥形式出现，都要追根究底地问“为什么”，找到本质原因，举一反三，彻底解决。

长期超负荷工作，让崔蕴的身体早就透支了。张晔知道他的情况，常叮嘱按时吃药，可他一忙起来，啥都忘到脑后。

如今在海南发射场，崔大师每天照样忙得脚不沾地，活儿杂得很！车间的事早就不是全部：电话一个接一个，这个型号、那个型号的问题都找他；刚挂电话，评审会又来了；还没坐稳，又有人拿着方案来请教……他自己都笑："我这时间啊，压根儿不属于自己！"有时候跟媒体约了采访，临时冒出别的事，只能连连道歉："不好意思，又得改时间了……"

可毕竟岁数不饶人。年逾花甲的崔蕴感慨，火箭发射流程通常是：把火箭和飞船从装配区运到发射区，安装到发射台上，一进入流程，就得钉在那儿10余个小时。过去打完一发睡一觉就缓过来了，现在不行了，真是一年不如一年，打一发得缓好几天。

发射成功后，试验队常有庆功宴，在食堂大伙儿一起吃饭庆祝。可已有十多发火箭的庆功宴，崔蕴都没去。打完火箭就回屋，赶紧吃药、躺下，谁都别叫他。

崔蕴现在的作息有点怪，他说："我每天晚上得吃安眠药才能睡着，第二天有大事，还得加量。可吃了药白天就发迷糊——迷糊可不行啊，我的工作必须保持清醒！所以早晨一上班就得喝杯咖啡，下午上班前再来一杯。我现在就这德行：白天喝咖啡，晚上吃安眠药。"

徒弟骆鑫生又理解又无奈："'老头儿'为啥吃安眠

药？有时候吃了也睡不着，因为他脑子里全是白天跟火箭有关的事。有些事你跟他说完，觉得解决了就完了，他不行。回去就反复琢磨：为啥会出这事儿？然后开始往上倒查‘三代’，不光让我们车间排查，还得找上游车间复查。查不出原因，给不了合理解释，他绝不罢休。你说他脑子一直转这事儿，能睡得着吗？”

作为总装人，崔蕴总提醒团队：“总装虽然按照设计图纸来，但图纸终究是蓝图，很多问题只有总装时才会冒出来。总装不仅要懂火箭上数千个传感器，把握设置程序，还得解决它们之间的电磁信号干扰。火箭在空中靠多台发动机协同作用调节方向，确保沿轴线飞行，哪怕一点受力不均，火箭就会跑偏，上亿元投入就可能打水漂。所以，哪怕一颗螺丝钉，安装都得精益求精，确保分毫不差。每一发成功的火箭，不只是荣耀，更是责任——它和我们航天人的命运紧紧绑在一起，是一辈子的事。干不好，就是耻辱。”

崔蕴这一代航天人，不仅这么说，更数十年如一日这么想、这么做。

这些年，崔蕴拿了不少荣誉：全国劳动模范、大国工匠、全国五一劳动奖章……但他说，最光荣的还是“共产

崔蕴参加 2019 年庆祝“五一”国际劳动节暨全国五一劳动奖和全国工人先锋号表彰大会

党员”这个身份。这么多年来，他一直为自己是共产党员而骄傲，更为自己是从事航天事业的共产党员而自豪。

这几年，探月、探火、空间站、载人航天等国家重大宇航任务接连不断。虽已花甲之年，但崔蕴仍常为能参与这些任务而心潮澎湃。他时刻记着习近平总书记给参与“东方红一号”任务的老科学家回信中的话：“让中国人探索太空的脚步迈得更稳更远，早日实现建设航天强国的伟大梦想。”

为了火箭，为了航天，他还要再拼一把。在天津新一代运载火箭产业化基地扎下根，和年轻人一起，把中国未来的火箭梦变成现实——不辜负“共产党员”这个称号。

“即便将来老得走不动了，我也要拄着拐杖到总装现场，敲着徒弟们的脑袋干……有首歌里唱‘我真的还想再活五百年’，如果可以，我这把老骨头，也想为中国航天再拼五百年！”

后　记

在我听到的崔蕴的故事里，都有一个强烈的共性：

人一旦痴迷某件事情，就会做减法，自觉不自觉地舍弃所有与这件事情无关的。

他可以放弃其他职业发展的机会，错过在其他行业获得高薪或更高职位的机会。他可以牺牲个人全部的时间与精力，长时间的工作、频繁的出差，同时不断承受高强度的压力。

和崔蕴相比，我们的欲望太旺盛了，而且这个世界一直在用更繁杂的信息花样、更多的手段来刺激和放大我们的欲望，于是我们在“既要”“又要”“还要”“且要”中被喂养得越来越饥渴，越来越慌张。而当某一个瞬间蓦然回首，突然才发现我们的欲望其实已经远远超过了我们的实际需求。

书写崔蕴的过程，我也有了一种慢下来的清醒，就是他让我意识到我生活中其实有很多的物品、很多的目标、很多的人际关系其实毫无必要，而且每多出来一样东西，你还得花精力去面对它、去处理它、去维护它。而当这些东西越来越多的时候，你的精力自然也就会变得越来越分散。

而舍弃多余，远离非必要，是不是就代表我们的人生要活得没有欲望呢？

其实不是的，我觉得控制欲望的目的反而是为了舍九取一，就是把这些发散出去的能量集中起来，让这些能量得以集中到我们人生最重要的欲望里。

崔蕴的欲望就是火箭。

他痴迷火箭40年，从一名普通的火箭装配工成长为国家级技能大师。每一次火箭发射，他总是最后一位从发射塔架上下来的人。只有经过他最后检查确认无误之后，火箭才能够点火，凭借着严谨、忠诚，他还培养出了一支过硬的队伍。

“烈士暮年，壮心不已。”在祖国的航天战线，有多少像崔蕴这样白发苍苍的航天人，依旧坚守一线，在“长征”路上奉献一生？每每想到这些，我都心生敬意，无限钦佩。

游历在崔蕴呕心沥血为航天拼搏的生命长河，总觉得自己像一叶小舟，拼命划动双桨，却无法把整整一条大河的风光尽收眼底，并一一呈现在读者面前。我自己所能做的，只是托出他经历的冰山一角，让人们在太阳底下领略他的风采，在星光底下想象他的全貌，从他身上汲取珍贵的营养，以润泽我们的生命之树，理解我们这一生应该怎样度过。

没有哪件事比为了一个伟大的事业去奔忙甚至去牺牲，更让人敬重的了。人生在世，这样的机会毕竟不是每个人都能获得。但无论做什么，把高度的责任感或使命感扛在肩上，才是取胜的关键。

一个人的生命真的很短暂，在有限的日子里，尽量让自己活得精彩和有意义，才不枉虚掷以前没有过、以后也不会再有的我们的一生。

“指穷于为薪，火传也，不知其尽也。”在崔蕴这一代航天人的悉心培育下，新一代中国青年航天人沐浴着前辈的光辉，必将以“长征精神”为旗帜，以“航天精神”为指引，以继承和创新“长征”系列运载火箭研制技术为目标，不忘初心、牢记使命，不负时代、砥砺向前，为实现伟大的中国梦奋斗不息！

2025 年 7 月